소설로 읽는 판타지

소설로 읽는 판타지

초판 발행 | 2014 년 9월 1일

지은이 | 김동혁
펴낸이 | 신중현
펴낸곳 | 도서출판 학이사
　　　　출판등록 : 제25100−2005−28호
　　　　주소 : 대구광역시 달서구 문화회관11안길 22−1 (장동)
　　　　전화 : (053) 554~3431,3432
　　　　팩스 : (053) 554~3433
　　　　홈페이지 : http : // www.학이사.kr
　　　　이메일 : hes3431@naver.com

소설로 읽는

판타지

김동혁 지음

소설이 환상을 수용하는 방법은 다양하지만 환상이 문학 속에
스미게 되는 계기는 결국 현실의 명확성과 합리성에 가해지는 균
열이다. 현실의 균열은 소설 속 인물의 욕망과 충돌하면서 인과의
고리가 단절된 새로운 현상을 만들어내게 된다. 우리는 불분명한
인과 관계 속 현상을 '환상'이라고 부르고 그것이 수용된 문학을
'환상문학'이라고 한다. 이 책은 총 열 한편의 장·단편 소설을 텍
스트로 선정하고 각 텍스트 속 환상의 이론과 수용 방법에 관해 논
의해 보았다. 서두에 해당하는 〈출발〉에서는 토도로프와 로지잭
슨이 정리한 환상 이론을 바탕으로 하여 환상의 어원과 정의, 문학
에서의 수용 방법, 환상의 주제와 조건의 분류 등에 대해 살폈다.
또한 우의와 상징의 기초적인 이론을 토대로 환상문학을 읽는 기
술에 관한 방법을 소개하였다. 각 텍스트가 환상을 수용한 방법을
개괄적으로 살펴보면 첫 걸음에서 다룬 박민규의 단편들은 현실
적 욕망의 좌절로 인한 변신과 도피 혹은 수용의 양상을 드러내고
있었다. 텍스트 속 주인공은 대부분 젊었고 막 세상으로 첫발을 내
딛은 인물들이었다. 그들이 만난 세상은 쉽게 자리를 허락하지 않
았고 그 과정 속에서 그들은 예기치 않은 이별과 뜻밖의 만남을 경
험하게 된다. 두 걸음에서 만난 김이환의 장편 《양말줍는 소년》에

서는 환상문학의 소재가 가진 상징성에 대해 알아보았다. 환상의 소재가 가지는 상징성은 현실적 소재가 가진 부조리에 관한 보완에 그 바탕을 두고 있었다. 통치의 기반이 되는 정치와 경제의 혼란에 비현실적인 환상이 개입될 때 세상은 어떠한 양상을 보이는가에 대한 관찰은 매우 흥미로운 작업이었다. 척 팔라닉의 《파이터 클럽》에서는 심리학적 이론을 바탕으로 만들어진 환상 서사에 관해 논의해 보았다. 의식과 무의식, 가면과 그림자가 만들어낸 환영을 통해 '내가 나를 만나게' 되는 기이한 설정은 환상의 영역이 미치는 반경의 범위를 제시하는 중요한 단서가 된다. 환상문학의 서사가 가지는 방법론에 대한 논의는 히가시노 게이고의 《나미야 잡화점의 기적》을 통해 살펴보았다. 시간과 공간의 비틀림이 만들어내는 서사의 '낯섦'은 단순하고 흔한 이야기가 구조적인 가공을 통해서 어디까지 새로워질 수 있는지를 보여주는 좋은 예라고 하겠다. 마지막 장에서는 90년대 이후 한국 단편 소설 속 환상의 양태에 관해 논의했다. 흡혈귀와 외계인의 존재로 인식되는 남편과 아내의 위치성과 일상 속에서 흔히 만나게 되는 귀신과 바보가 세상을 지키기 위해 활약을 모습을 통해 우리 시대의 환상문학이 주목하는 사회성에 대해 알 수 있었다. (※ 이 책에 소개된 작품집과 작품명은 다음과 같다. 1. 〈그렇습니까? 기린입니다〉, 〈아 하세요 펠리컨〉, 〈고마워 역시 너구리야〉, 〈카스테라〉 이상 박민규, 《카스테라》, 문학동네. 2. 김이환, 《양말줍는 소년1·2·3》, 황금가지. 3. 척 팔라닉, 《파이터 클럽》, 책세상. 4. 히가시노 게이고, 《나미야 잡화점의 기적》, 현대문학.

5. 김영하 〈흡혈귀〉,《엘리베이터에 낀 그 남자는 어떻게 되었나》, 문학
과지성사. 6. 김경욱, 〈천년여왕〉,《위험한 독서》, 문학동네. 7. 최인석,
〈내 사랑 나의 귀신〉,《아름다운 나의 귀신》, 문학동네. 8. 성석제, 〈황만
근은 이렇게 말했다〉,《황만근은 이렇게 말했다》, 창작과비평.)

　〈판타지 문학의 이해〉라는 과목을 진행하면서 학생들과 함께 많
은 종류의 판타지 문학을 읽고 있다. 학기가 시작된 2주간은 수강
자들과의 토론을 통해 보통 대여섯 권의 작품을 선정하고 텍스트
를 읽는 방식에 관해 논의한다. 강의가 진행되어 감에 따라 학생들
의 감상문도 눈에 띄게 수준이 높아진다. 예의 줄거리 위주의 감상
문을 제출하기에도 벅차하던 학생들은 학기 중반에 이르러 인물
과 사건 관계를 읽어내고, 시간과 공간의 의미를 분석한 결과물을
만들어 내기도 한다. 학기 말에는 이해(理解)와 감상(感想)이 적절
히 조화된 한 편의 평론을 완성해내는 경우도 종종 있다. 우리 강
의실에서는 강의의 목적에 따라 모든 작품은 환상성을 중심으로
하여 읽는다. 한 작품을 읽고 각각에 부여된 주제에 따른 과제를
수행한 후 종합 토론을 벌이는 시간에서 늘 빠지지 않고 등장하는
질문은 '과연 이 작품 속에서 환상은 무엇 때문에 발현되었는가?'
이다. 왜 이 인물 앞에 환상은 나타나게 되었는가에 대해 학생들의
대부분은 그 이유를 '좌절'로 꼽는다. 물론 문학 속이라는 한정이
따라야 하지만 환상은 현실에서 좌절한 인간 앞에 나타난다. 하지
만 여기에는 추가되어야 할 한 가지 단서가 있다. 바로 용기이다.

현실에서 좌절한 용기 있는 인간 앞에 환상은 나타난다.

작품 속 등장인물들은 용기가 있었기 때문에 좌절의 이면에 서 있던 환상을 붙잡을 수 있었다. 한 인물의 환상적 이야기는 대부분 그렇게 시작되었다. 수많은 좌절에 봉착한 독자들에게 문학이 보탤 수 있는 미약한 힘은 환상과 용기가 아닐까 생각해 본다.

올 봄 내내 원고를 붙잡고 있었습니다. 졸렬한 필력이 생각을 글로 옮기지 못해 숱하게 짜증을 부렸습니다. 부족한 이 책이 환상문학을 읽는 작은 조력이 되었으면 좋겠습니다.

늘 힘겨워하는 가장에게 환상과 용기가 되어주는 가족들, 원고를 쓸 수 있는 안락한 작업실을 제공해 준 변희찬(卞熙讚) 형, 그리고 돌을 맞이하는 생질(甥姪) 박규민(朴奎玟), 언제나 큰 후원으로 살아갈 수 있는 따뜻한 빛을 비춰주시는 아버지, 어머니(金景漢, 金桂淑)께 이 책을 바칩니다.

2014년 여름 芳旨마을에서

김 동 혁

| 차 례 |

출발

● 환상에 관한 몇 가지 사전 지식

환상에 관한 몇 가지 사전 지식

어원과 정의

Fantastic은 라틴어 'Phantastique'에 어원을 두고 있다. 판타스티쿠스(Phantastique)는 그리스어 판타제인(Phantasein)에서 파생된 것으로 '없던 것이 나타나 보이다', '착각하게 하다', '기이한 현상이 나타나다'라는 의미를 가지고 있다. 한편 환상(幻想)은 허깨비(幻)와 생각(想)의 결합으로 이루어져 있다. 한자문화권에서는 기(奇), 이(異), 괴(怪) 등으로도 표현되었다. 기, 이, 괴는 각각의 현상적 특징에 따라 다르게 사용되기도 했는데, '기'는 '드물고, 놀랍고, 이상한' 영역을 지칭하며 '이'는 '차이, 구별'의 의미로, '괴'는 '비정상적'인 것에 쓰임을 가졌다.[1] 그 어느 의미를 되짚어 본다하더라도 Fantastic과 환상은 '불분명한 대상에 관한 구체화'로 귀결된다.

그렇다면 '불분명한 대상'이 지칭하는 것은 무엇인가? 우리는 현

---

1) 최기숙, 《환상》, 연세대학교출판부, 2003, p.7~8.

실에서 어떤 대상을 불분명하게 인지하는가? 우선 인간은 현실을 명확성과 합리성의 기반 위에서 파악하려고 애쓴다. 현실에서의 현상은 인과관계의 고리에서 만들어져야 한다. 인류의 역사는 현상의 인과관계를 파악하는 행위의 연속이라 해도 과언이 아니다. 일출과 일몰로 대표되는 자연 현상에서부터 생로병사에 관계한 생명 현상까지, 인간은 오랜 시간동안 집요한 관찰과 깊은 사고를 통해 현상의 합리성을 증명해냈다. 그래서 인류는 아직도 밝혀지지 않은 비합리적 현상을 인간의 무지 혹은 능력적인 한계의 차원에서 보류해 둔 것이라고 생각한다.

하지만 모든 현상의 잠정적인 합리화는 인간의 욕망과 충돌하면서 그 기반에 균열을 가져올 수밖에 없다. 현상의 합리성을 찾는 것은 인간의 욕망을 충족하게 하는 면도 있는 반면에 욕망의 좌절을 기반으로 삼아 만들어지기도 한다. 예를 들어 달에 관한 과학적 지식이 없던 시절에 달은 인간 욕망의 투영물이었다. 그 시절 달은 수많은 전설과 애사를 담은 신비로운 발광체였고 태양에 대비되는 영역에서의 신(神)적 대상이었다. 그러나 과학 기술이 발전한 현대에 이르러 인류는 달을 하나의 명쾌한 대상으로 정의할 수 있었고 그것에 어떠한 비합리적 요소가 없다는 것을 밝혀냈다. 달은 중력의 균형으로 지구의 주위를 맴도는 위성이며 거대한 광물덩어리라는 것은 이제 명쾌한 사실이 되었다.

주목할 점은 인류가 이제는 달을 명쾌한 과학적 대상으로만 인식하는가 하는 점이다. 이제 사람들은 달에 더 이상 어떠한 욕망도

투영시키지 않는가? 달이 지구의 위성이라는 것을 모르는 사람은 없지만 또 둥실 떠오른 대보름달을 향해 두 손을 모아보지 않은 이도 없을 것이다. 합리와 비합리가 충돌하는 대표적인 예이다. 왜 인간은 중력에 매달린 광물덩어리를 향해 두 손을 모으는가? 환상은 인간의 욕망을 매개로 이루어지는 이 부조리 속에서 만들어진다. 이것은 바로 합리적인 현실의 균열이다. 합리성은 인간의 원초적인 욕망을 충족시켜줄 수 없다. 인간의 원래 욕망은 힘의 의지, 자연을 닮으려는 소망, 기(氣) 같은 것을 말한다.[2] 앞서 언급한 대로 욕망이 합리성이라는 거대한 질서에 의해 좌절될 때 인간은 좌절로 인한 답답함을 소멸시키지 않고 무의식이라는 정신의 영역에 담아둔다. 그리고 외부로부터 특정한 자극이 무의식을 수면 위로 밀어 올릴 때 욕망은 전혀 다른 형상으로 발현되기에 이른다. 인간은 합리적 정의가 존재함에도 불구하고 달을 불분명한 대상으로 인식하기를 희망하고 혹은 인식하면서 그것에 기이한 힘이 존재하리라고 믿는다. 바로 이 믿음의 새로운 현상화가 환상이다.

환상과 문학

현대 문학에서 '용어'로 사용되고 있는 '환상'은 일상 속에서 우리가 흔히 사용하는 '환상적Fantastic'이라는 단어와는 분명한 차이를 가진다. 서사를 통하는 환상은 단순한 공상 또는 망상의 결과물이 아니다. 서사적 환상의 출발점은 현실에 대한 일종의 거부 혹

---

2) 나병철,《환상과 리얼리티》, 문예출판사, 2011, p.23

은 대립에서 그 기원을 찾아야 한다.[3] 거부 혹은 대립이 환상의 기원이라는 의미에서 생각해 볼 때, 환상은 문학이 가져야 할 기본적인 사유의 틀을 크게 벗어나지 않는다. 그러나 고대에서부터 지속되어온, (문학이 현실을 모방한다는) 미메시스 중심의 문학관이 절대적인 가치의 기준으로 제시되면서 환상문학은 리얼리즘 문학에 비해 변방에 자리한 장르로 취급 받게 된다. '리얼리티가 부족하다'는 평가를 받는 문학 작품은 서사물이 가지고 있는 가치에 대한 무의미함을 말하는 치명적인 선고가 된다.[4] 이런 미메시스 중심의 문학관이 가지고 있는 맹점은 (정작 그들이 그토록 문학 속에서 모방하고자 하는) 인간의 삶을 조금만 관찰해 보면 쉽게 발견된다. 인간은 누구나 꿈을 꾼다. 꿈은 실제 삶에서 쉽게 이루어지지 못하는 것에 대한 욕망의 발현이다. 욕망을 쉽게 이루어지지 않는 것 또는 자신이 소망하는 것과 반대급부로 실현되는 현실에 대한 거부 혹은 대립이라고 정의 내릴 수 있을 때, 이 꿈꾸기는 위에서 말한 환상의 속성과 그 맥을 같이 한다. 결국 인간은 누구나 꿈을 꾸고, 그 속에서 욕망이 발현되며 욕망은 환상이라는 옷을 입고 문학 속에 자리 잡게 되는 것이다.[5]

인간이라면 누구나 '그 무렵'에 내한 기억을 가지고 있다. '그 무렵'은 특정한 시간 때의 기억이다. 특정한 시간에 구속되어 있는 기억은 누구나 있기 마련이다. '그 무렵'에 공간이 추가되면 '경험

3) 로지잭슨,《환상성》, 문학동네, 2007, p.24
4) 박진 · 김행숙,《문학의 새로운 이해》, 청동거울, 2004, p.40
5) 박정수,《현대소설과 환상》, 새미, 2002, p.9

담' 이 된다. 대부분의 일반적 서사는 경험담으로 만들어진다. 환상적 서사는 그 무렵 나에게 벌어진 '이상한 이야기'이다. '나' (우리)에게 혹은 '그'(그들)에게 이상한 경험의 기억으로 남아 있는 이야기, 그것이 바로 환상적 서사이다.

그렇다면 인물들이 이런 기이한 현상을 경험하게 되는 원인은 무엇인가. 이 의문에 대한 해답은 다시 욕망과 환상의 상관성에서 출발해야 할 것이다. 그들의 '그 무렵'은 현실을 떠난 공간이 아니다. 지옥이나 천국 같은 관념의 공간이 아니라 인간이 살고 있는 세속화된 문화의 공간이다. 이런 공간에서의 욕망은 관념화된 환상으로는 충족되지 않는다. 인물들은 자신이 현실의 물리적인 공간을 벗어나지 못할 것이라는 것을 누구보다 잘 알고 있다. 하지만 그들은 현실의 상황을 힘겨워한다. 그 속에서 욕망이 발현되고 그 욕망은 다시 환상이라는 새로운 세계를 지향한다. 새로운 세계를 지향하는 것은 곧 이 세계를 익숙하고 편한 것이 아닌 '다른' 어떤 것으로 변형시키면서 세계에 부재하는 영역에 대한 꿈꾸기를 말한다. 인물들은 꿈꾸기를 통하여 변형된 세계, 즉 재편성되고 탈위치화된 세계를 만들고 그 속에서 살기를 원한다. 결국 환상적 서사 속의 인물들은 자신이 살고 있는 '그 무렵'의 세계를 어떠한 방식이든 간에 변형시켰고, 그 결과물로 환상적인 경험을 하게 되는 것이다. 이처럼 문학에서 환상을 만나게 되는 인물들은 세계 인식을 겨냥한 적극적인 활동가이며 낯설고 새로운 우주와 존재론에 대한 전혀 다른 문제제기를 하는 인물들이다. 또한 현실이 은닉하고

있는 법칙화의 오류나 언어적 기호의 한계나 모순들을 복원시키는 역할을 하기도 한다.[6]

환상의 문학적 주제 분류

츠베탕 토도로프(1939~)

토도로프는 환상 문학의 핵심적인 주제를 '나'의 주제군과 '너'의 주제군으로 나누었다. '나'의 주제군에서는 물질과 정신 사이의 경계가 의문시되면서 환상이 만들어진다. 여기에는 변신, 인격의 분열과 이중화, 꿈과 현실, 정신과 물질의 혼돈 등의 주제가 포함된다. 이 중에서 특히 변신은 환상 문학에서 가장 대표적인 테마로 자리 잡게 된다. 변신의 테마와 관련해서 토도로프는 이것 역시 인과관계를 입증해낼 수 없는 초자연적인 현상이지만 이것이 문학에 도입되었을 때는 불완전한 인과관계를 보완해 주는 역할을 한다고 주장한다. 또한 그는 우연에 기인하는 것처럼 보이는 초자연적 현상이 문학 속에서는 우리 삶을 지배하는 일반적인 인과관계들과는 직접적으로 연결되지 않은 어떤 고립된 인과관계의 개입으로 촉발되는 양상을 가지고 있다고 설명한다. (예를 들어 다음 장에서 다루게 될 박민규의 〈그렇습니까? 기린입니다〉에 등장하는 아버지가 기린으로

---

6) 최기숙, 앞의 책, p.5

변신한 문제에 대해 일반적인 인과관계는 전혀 소용을 갖지 못하는 잣대가 되고 만다.)

'너'의 주제군은 주로 상대적인 관계 속에서 만들어지는데 성적 욕망과 관련이 깊다. 세부적으로는 동성애나 근친상간, 시간(屍姦)과 같은 일종의 도착, 죽음이나 사후의 생, 시체, 흡혈 행위 등이 해당된다.[7] 특히나 흡혈의 경우 흡혈귀가 가진 성적 매력이나 흡혈의 자세 등이 상징하는 것은 성과 매우 밀집한 관련을 가지고 있다고 볼 수 있다.

앞서 설명한 '나'의 주제군이 초자연적 현상에 기인하는 경우가 많았다면 '너'의 주제군은 욕망에 관계하는 경우가 대부분이다. 특히 환상 문학에서는 욕망을 발현하는 수단 혹은 상징으로 성(性)을 이용한다. 이러한 토도로프의 연구에 관해 로지 잭슨은 환상의 문학적 주제는 '보이지 않는 것'을 '보이는 것'으로 만드는 문제라고 부연하면서, 말해질 수 없는 것을 표현하는 문제를 중심으로 환상 문학이 만들어진다고 주장한다.[8] 보이지 않는 것을 보이는 것으로 만드는 환상은 인과관계의 연속성 속에서 이루어질 수 없다. 그래서 환상은 사실 속에 나타나는 '뜬금없는' 존재가 된다. 이 뜬금없음은 정상적인 혹은 '상식적인' 관점을 위반하고 완전한 인과관계 속에 자리 잡은 사실들을 분리시켜 사실이 부재하는 상황을 설정하거나 그 부재를 알린다. 환상은 사실로 인정할 수 없는 범주

7) 토도로프, 최애영 역,《환상문학서설》, 일월서각, 2013, 7~8장 참고.
8) 로지잭슨, 앞의 책, p.69.

들에 초점을 맞추면서 현실이라는 단일한 관점의 시각을 전복시킨다. 이러한 의미에서 로지잭슨은 환상문학을 전복의 문학이라고 지칭하였다. 이는 앞서 환상의 정의에서 언급한 '불분명한 대상에 관한 구체화'에 의미를 부여하는 작업이다.

환상문학의 조건과 분류

환상문학이 가져야 할 가장 원초적인 조건은 무엇일까. 작품 속에 하늘을 나는 빗자루나 광선이 나오는 손가락, 괴물로 변신하는 과학자, 이런 초자연적인 소재가 등장하는 것이 그 조건일까. 토도로프의 의견을 따르자면 환상문학은 독자의 '망설임'에서 시작된다. 망설임은 일반적인 인과관계에 익숙한 독자가 문학 속 환상적 상황을 통해 혼란한 지각을 경험하면서 발현된다. 작품이 아무리 '뜬금없는' 상황을 제시한다하더라도 독자가 그것을 자연적이라고 인식하게 된다면 그것은 환상문학의 조건에서 배재되는 것이다. 토도로프는 이러한 독자의 망설임을 '부정적 읽기 방식'이라고 명명했는데 그가 제시한 세 가지 조건은 다음과 같다.

① 텍스트가 독자에 대해서 작중 인물의 세계를 살아있는 인간의 세계라고 생각하도록 하고, 일어난 사건에 관해서는 자연스러운 설명과 초자연적인 설명 사이에서 망설이게 하지 않으면 안 된다.
② 작중의 한 인물이 망설임을 느끼고 있는 수가 있으며 독자는 작중 인물과 동일화 된다. 망설임은 텍스트 안에서 표상되는데, 이

로써 망설임은 작품 테마의 하나가 된다.

③ 독자는 텍스트에 대해 특정 태도를 취한다. 독자는 이에 대한 시적 해석이나 우의적 해석도 거부한다.

이 세 요건 중 ①, ③ 요건은 필수적이지만, ②는 반드시 충족되지 않아도 된다. 환상은 망설임 동안만 계속되며, 이 망설임은 독자와 작중 인물에 공통된다.

그들은 작품의 결말에 이르면 자신들이 자각하고 있는 것이 세상의 통설로서의 '현실'에 속하는 것인지의 여부를 결정해야 하는데 이때 작품에 제시된 초자연적 요소가 합리적인 설명으로 마무리되면 '기이'의 장르, 반면에 초자연적인 법칙을 인정해야만 하는 결론에 다다른다면 이는 '경이'의 장르가 된다고 정리하였다.[9]

기이와 경이는 다시 환상적 기이/순수한 기이, 환상적 경이/순수한 경이로 세분화된다. 환상적 기이는 이야기가 진행되는 내내 초자연적인 것처럼 보이는 사건들이 마지막에 합리적인 설명을 제시한다. 순수한 기이는 작품 속에 드러나는 사건이 합리적인 인과관계에 의해 이해될 수 있는 것이기는 하나, 작중인물과 독자의 입장에서 자꾸만 그 사건에 관한 이해를 망설이게 하는 특정한 요소들이 존재하는 장르를 말한다. 한편 환상적 경이는 환상적인 이야기로 시작해서 결국 초자연적인 현상을 수용하고야 마는 장르를 말한다. 순수한 경이는 동화, 로망스, 공상과학 소설 등이 포함되는데, 과장법적 경이(천일야화에 등장하는 백 미터가 넘는 물고기

---

9) 최기숙, 앞의 책에서 재인용, p.19.

들, 코끼리를 삼키는 큰 뱀), 이국적 경이(작중인물과 독자가 경험하지 못한 낯선 장소의 개성), 도구의 경이(하늘을 나는 양탄자, 병을 낫게 하는 사과, 주문으로 열리는 돌문 등), 과학적 경이(흔히 공상과학 소설에 등장하는 소재들, 광속으로 나는 비행체, 은하계를 여행하는 인간 등)로 세분화된다.

환상문학과 판타지문학의 장르적 구분 관하여

앞서 환상과 문학의 관계에서도 언급했지만 문학 용어로서의 '환상'과 '판타지'는 반드시 구분되어야 한다. 우리는 이 두 장르의 구분을 앞서 살핀 '기이와 경이'의 세분화 즉 환상적 기이/순수한 기이, 환상적 경이/순수한 경이를 통해 알아볼 수 있다.

우선 환상문학은 '기이'의 범주를 가지고 있다. 기이는 작중 인물과 독자가 망설임이라는 동일화 속에서 만들어진다. 환상문학 속 사건들은 그것을 실제로 맞닥뜨린 작중 인물에게도 그것을 지켜보고 있는 독자에게도 '과연 이것이 가능한 일인가'하는 의문을 품게 만들어야 한다. 말하자면 사건을 받아들이는 두 수용자의 명확한 결정을 보류 혹은 지체시켜야 한다. 또한 이 망설임은 반드시 합리화된 세계 속에서 이루어진 초자연적인 사건이라야만 한다. 즉 인물과 공간, 시간은 합리적이어야 하고 사건은 초자연적인 것이라야 한다. 환상적 소설이 모호함의 인상과 그로 인한 수용자의 머뭇거림을 유도하면서 현실을 불투명한 의문 속으로 밀어 넣는다면, 판타지는 현실을 지우고 그 자리를 환상으로 대체한다.[10]

판타지문학의 수용자는 작품 속에서 만나게 되는 초자연적이고 비합리적인 대상이 무엇이든 의심을 품지 않는다. 이는 경이의 범주와 그 맥락을 같이 하는데, 작품 속의 비합리적, 초자연적 현상에 관해 합리적이고 자연적인 잣대를 들이대지 않는 것은 판타지를 환상과 구분된 장르로 성립시키는 가장 중요한 요건이 된다.

작품의 내적인 면에서도 환상과 판타지의 시공간은 각각의 다른 특징을 가지고 구성된다. 환상문학에서 시공간은 일상적인 차원에서 배치된다. 일상적인 시공간의 질서가 초자연적인 사건에 의해 뒤틀리면서 작중 인물과 독자에게 의문을 품게 한다. 반면 판타지는 작가의 기발한 상상력으로 재배치된 시공간의 등장을 지향한다. 그것은 작품의 무대로 이용됨과 동시에 성격과 방향을 결정하는 중요한 장치이다. 우리가 익히 알고 있는《반지의 제왕》이나 《해리 포터》등의 시공간은 전혀 다른 차원의 새로운 세계가 만들어지는 초석이 된다.(앞으로 우리 책에서 다루게 될 김이환의《양말 줍는 소년》도 이 범주에 포함된다.)

우의(allegory)와 상징(symbol)

우의와 상징의 적용은 환상문학을 읽는 가장 중요한 기술이다. 모든 문학에서 마찬가지가 되겠지만, 표면적 서사에 국한된 독서는 작품의 스토리만 확인하는 초보적인 방식의 읽기 방법이다. 독서는 독자와 작가와의 지적인 다툼이 오가는 장(場)이다. 유능한

10) 박진 · 김행숙의 앞의 책, p.71.

작가는 되도록 작품 속에 거대한 이면을 심고자 노력한다. 우리가 흔히 작품의 깊이가 있다고 말하는 것은 바로 이 이면을 두고 하는 말이다. 한편 진지한 독자는 작품 속 인물, 배경, 사건을 중심으로 해서 곳곳에 숨어있는 복선을 찾아내고 작가가 진심으로 전하고자 하는 소리에 귀를 기울인다. 말하자면 한 편의 문학은 숨겨진 것을 만들고 그것을 찾아내면서 완성되는 셈이다. 우의와 상징은 바로 문학 속 숨겨진 그 무엇을 만드는 가장 대표적인 기술이다.

〈토끼와 거북이〉

우의
(寓意)[ㅡ/ ㅡ이]【명사】【~하다 l 자동사】 다른 사물에 빗대서 은연중 어떤 의미를 비춤.

우의를 담아내는 가장 대표적인 장르는 우화(寓話)이다. 여기 이야기 속 한 장면만으로도 그 제목을 알 수 있는 대표적인 우화가 있다. 잠을 자고 있는 토끼와 쉬지 않고 발걸음을 옮기고 있는 거북이의 모습에서 우리가 파악하는 의미는 무엇인가? 낮잠 자는 것을 즐기는 토끼와 느리지만 오래 걸을 수 있는 거북이의 습성에 관한 것이 이 이야기의 주요한 주제라고 생각하거나 토끼와 거북이의 속도 경쟁에서 거북이가 이겼다는 사실에 주목하는 사람은 아무도 없을 것이다.

이솝우화에 나오는 〈토끼와 거북이〉는 표면적으로 등장인물(동물)과 행위와 배경 등 통상적인 이야기의 요소들을 다 갖추고 있는 이야기인 동시에, 그 이야기 배후에 정신적, 도덕적, 또는 역사적 의미가 전개되는 뚜렷한 이중구조를 가진 작품이다. 말하자면 구체적인 심상의 전개와 동시에 추상적인 의미의 층이 그 배후에 동반되고 있다.[11]

〈토끼와 거북이〉의 표면적인 이야기는 '알량한 재주만 믿고 꾀를 부리는 자는 우직한 품성의 인물을 따르지 못한다'는 교훈적인 주제로 환원된다. 환원이라는 용어를 사용하기는 했지만 사실 이 우화는 교훈적인 주제를 바탕으로 하여 표면적인 이야기를 만들었다고 보는 편이 옳다. 알량한 재주로 꾀를 부리는 인물을 토끼로 설정하고 우직한 품성의 인물에는 거북이를 내세웠다. 말하자면 일반적이고 추상적인 개념을 인물로 그려낸 우의적 주인공인 셈이다.[12] 우의적 서사 혹은 우의적 인물의 의미를 파악하는 과정에서 주목해야 할 점은 표면적 이야기에서 이면적 이야기로 환원될 때 단일한 의미가 단일한 대상에 적용된다는 점이다. 말하자면, 〈토끼 - 알량한 재주로 꾀를 부리는 자〉, 〈거북이 - 우직한 품성의 인물〉 식의 단선적인 대응으로 이루어져야 한다. 이처럼 우의는 표면과 이면의 거리가 그리 멀거나 복잡하지 않다. 하지만 상징은 다르다.

---

11) 이상섭, 위의 책, p.193.
12) 박진 · 김행숙의 앞의 책, p.53.

〈백설공주〉 속 여왕과 마법 겨울

상징

(象徵)【명사】【~하다 | 타동사】 (사회 집단의 약속으로서) 말로는 설명하기 힘든 추상적인 사물·개념 따위를 구체적인 사물로 나타냄. 또는 그 대상물.

자, 이 역시 그림 속 주인공이 누구인지 단번에 알 수 있을 것이다. 이 여자는 거울을 보고 있다. 그리고 거울을 향해 세상에서 누가 가장 아름다운지 묻는다. 여자의 물음은 의문을 해결하기 위한 과정이 아니다. 그것은 확인의 절차이다. 세상에서 가장 아름다운 사람은 오직 자신이라야 한다. 지상 최고의 미는 언제나 당신의 것이라고 말해주던 거울이 어느 날, 더 이상 당신은 아름답지 않다고 비아냥거린다. 어떤 의미에서 〈백설공주〉의 본격적인 서사는 여왕의 좌절에서 시작한다고 보아도 무방하다. 그녀의 미를 향한 욕망과 좌절, 질투와 비극적 결말로 작품을 이해하게 된다면 대단히 복잡하고 넓은 의미를 가진 독해가 가능해진다. 앞서 살펴본 우의가 확장된 비유의 역할을 한다면 상징은 암시적 비유로 정의할 수 있다. 상징은 표면과 이면이 단선적 대응의 성격으로 연결되지 않는다. 명쾌하게 연결되는 것이 아니라 불분명하지만 사유의 여운을 남기는 형태로 이어져 있어서 독자의 해석을 풍부하게 혹은 난해하게 만든다.

다음의 두 예문은 우의와 상징을 대표하는 작품들이다. 예문을 통해 우의와 상징에 관한 심도 있는 논의를 계속해 보도록 하자.

동물들은 공포에 질려 입을 다문 채 창고로 슬금슬금 돌아왔다. 개들도 재빨리 뛰어 돌아왔다. 처음에는 이 개들이 어디서 왔는지 누구도 상상을 못했지만 의문은 이내 풀렸다.

그들은 젖 뗄 무렵부터 나폴레옹이 어미로부터 격리시켜 은밀히 길러온 강아지들이었다. 아직 어미 개처럼 자라지는 않았지만, 거대한 체구에 늑대처럼 사나운 얼굴을 하고 있었다. 그들은 나폴레옹 곁에서 잠시도 떠나지 않았다. 다른 개들이 존스 씨에게 한 것과 똑같이 나폴레옹을 보고 꼬리를 흔들고 있었다.

나폴레옹은 개들을 거느리고 전에 메이저가 연설했던 높은 단상으로 올라갔다. 그는 앞으로 일요일 아침 회합은 중지한다고 선언했다. 그런 회합은 불필요한 시간 낭비라고 말했다. 앞으로 농장 운영에 관한 모든 문제는 자신이 의장직을 맡고 있는 돼지들의 특별위원회에서 결정하겠다는 것이었다. 이 위원회는 비밀회의로 하며, 그들의 결정을 후에 다른 동물들에게 통고하겠다고 했다. 동물들은 앞으로도 일요일 아침에 모여 기(旗)에 경례를 하고 '영국의 가축들'을 노래하며 그 주일의 일에 대해 명령을 받겠지만 더 이상 토론은 없을 것이라고 말했다.[13]

---

13) 조지 오웰, 한혜정 역, 《동물농장》, 꿈꾸는 아이들, 2004, p.69.

영화〈동물 농장〉의 포스터

포스터 속 〈두 다리는 나쁘고 네 다리는 좋
다(Two legs bad, Four legs good.)〉라는 표
어는 이 작품의 우의적 성격을 명확히 보여
준다.

위의 예문은 너무나 유명한 조지 오웰의 《동물농장》 중에서 권력자 나폴레옹(돼지)이 자신의 숙명적인 라이벌이던 스노볼을 사나운 개들을 이용해 숙청해버리고 완전한 독재자로 집권을 시작하게 된 장면이다. 이 소설은 '제2차세계대전'이 끝난 직후에 발표되었다. 사건은 '매이너 농장'(manor farm)의 수돼지인 메이저 영감이 인간들의 착취에 대항하자는 봉기로 시작된다. 농장의 동물들은 농장 주인이던 존슨을 비롯한 여러 인간들을 몰아내고 농장의 주인이 된다. 동물들은 메이저 영감의 영도 아래 모두가 공평하게 일하고 공평하게 먹이를 나누며 행복한 나날을 보내게 된다. 그들은 채찍을 맞지 않고도 수확량을 늘렸고 각각의 개성에 맞는 일을 찾아내서 능률적인 노동을 할 수 있게 되었다. 하지만 메이저 영감이 세상을 떠난 후, 동물들 사이에서는 권력을 쟁취하기 위한 다툼이 벌어진다. 이상주의자인 스노볼과 현실주의자인 나폴레옹은 각자의 정책을 농장에 실현시키기 위해 매일 밤 격렬한 토론을 펼친다. 하지만 어느 날, 나폴레옹은 그동안 은밀히 키워온 사나운 개들을 풀어 스노볼을 습격하고 그는 농장 밖

으로 도망쳐 버린다. 라이벌이 사라지고 개들을 풀어 농장의 동물들을 억압하면서 나폴레옹의 독재는 시작된다.

여기까지의 이야기로 미루어 볼 때, 《동물농장》은 붉은 혁명 이후 소련에서 벌어진 권력 다툼을 모델로 하여 만들어진 우화임을 알 수 있음과 동시에 우의가 가진 장르적 특성을 충실히 따르고 있음 파악할 수 있다. 인간의 착취로부터 동물들의 해방을 봉기한 메이저 영감은 마르크스, 현실주의자이면서 폭력적이었던 나폴레옹은 스탈린, 나폴레옹에 의해 권력 암투에서 패배한 스노볼은 트로츠키로 비유된다. 물론 당대 소련의 역사적 배경 지식이 없어도 이 작품은 충분히 재미있게 읽을 수 있는 표면적 서사를 갖추고 있다. 이 작품은 작가의 의도와 표면적 서사의 거리가 그리 멀지 않다. 등장인물의 성격을 파악하는 방법 역시 복잡하고 다의적인 해석을 필요로 하지 않는다. 작품의 후반부에서 드러나는 타락한 독재 권력자 나폴레옹이 인간이 사용하던 채찍을 들고 두 발로 걸어 다니며 자신의 의견에 반하는 동물을 도살자에게 팔아버리는 모습과 독재 권력 앞에 점점 더 무능해지고 저항의 힘조차 잃어버린 농장 내 동물들의 비참함은 작가의 의도가 지시하는 방향이 어느 곳인지 명백히 보여준다.

그레고르 잠자는 어느 날 아침 불안한 꿈에서 깨어났을 때, 자신이 잠자리 속에서 한 마리 흉측한 해충으로 변해 있음을 발견했다. 그는 장갑차처럼 딱딱한 등을 대고 벌렁 누워 있었는데, 고개를 약간 들자, 활 모양의 각질(角質)로 나뉘어진 불룩한 갈색 배가 보였고, 그 위에 이불이 금방 미끄러져 떨어질 듯 간신히 걸려 있었다. 그의 다른 부분의 크기와 비교해 볼 때 형편없이 가느다란 여러 개의 다리가 눈앞에 맥없이 허우적거리고 있었다.

  '어찌된 셈일까?'하고 그는 생각했다. 꿈은 아니었다. 그의 방, 다만 지나치게 비좁다 싶을 뿐 제대로 된 사람이 사는 방이 낯익은 네 벽에 둘러싸여 조용히 거기 있었다. 포장이 끌러진 옷감 견본이 펼쳐진 책상 위에는 - 잠자는 외판사원이었다 - 그가 얼마 전에 어떤 화보 잡지에서 오려내어 예쁜 도금 액자에 넣어둔 그림이 걸려 있었다. 어떤 여자의 모습이었는데 털모자에 털목도리를 두르고 꼿꼿이 앉아 팔꿈치까지 온통 팔을 감싼 묵직한 털토시를 사람 눈앞에 치켜들고 있었다. 그 다음 그레고르의 시선은 창문을 향했는데 흐린 날씨가 - 빗방울이 함석지붕을 두드리는 소리가 들렸다- 그를 아주 우울하게 만들었다. '한숨 더 자서 이 모든 어처구니없는 일들을 잊어버린다면 어떨까'하고 생각했으나 전혀 그렇게 할 수 없었다. …〈중략〉… '아아' 그는 생각했다. '이 무슨 고된 직업을 나는 택했단 말인가! 날이면 날마다 여행 중이라니. 집에다 벌여놓은 본 상점에서 일하는 것보다 직업상의 긴장이 훨씬 더 큰데다가 그 밖에도 여행의 고달픔이 덧붙여진다. 기차의 접속에 대한 걱정, 불규칙적이고 나쁜 식사, 자꾸 바뀌는 바람에 결코 지속되지도, 결코 정들지도 못하는 인간관계 등. 마귀나 와서 다 쓸어가라지!' 배 위가 좀 가려워, 머리를 좀더 높이 쳐들려고 침대 앞머리 기둥 가까이로 드러누운 채 천천히 등을 밀었더니 가려운 곳이 보였는데, 온통 무엇이라고 판단할 수가 없는 조그만 반점들로 뒤덮여 있어 한쪽 다리로 그 자리를 더듬어보려 했다가는 얼른 그 다리를 되움츠렸다. 건드리니까 소름이 쭉 끼쳤던 것이다.[14]

〈프란츠 카프카〉

앞서 언급한 대로 변신은 환상문학에서 가장 대표적인 테마이다. 카프카의 〈변신〉은 변신의 테마를 가진 20세기 현대 환상문학의 대표작이다. 〈변신〉의 가치는 세기를 뛰어 넘어 포스트모더니즘의 관점에서도 중요한 작품으로 인정받고 있다. 그 이유는 〈변신〉이 시간과 공간, 역사의 구애를 받지 않고 무한한 비유와 상징으로 해석이 가능하기 때문이다. 어느 날 아침, 잠에서 깨어나니 한 마리의 징그러운 독충으로 변해버린 어느 쓸쓸하고 피곤한 외판원의 이야기로 소설은 시작된다. 산업화에 따른 인간 소외나 정체성의 상실 같은 흔한 표현을 빌리지 않더라도 이 작품에서 등장하는 충격적인 '변신'의 테마는 서사의 이면을 매우 먼 곳으로 우회시키는 역할을 함에 틀림없다. 잠시 〈변신〉의 줄거리를 살펴보도록 하자.

침대에서 잠을 깬 그레고르 잠자는 자신이 거대한 벌레로 변해

---

14) 프란츠 카프카, 《변신》, 민음사, 2008, pp.8~9.

있음을 알게 된다. 그는 벌레로 변한 자신의 몸을 확인하는 충격적인 순간에도 만약 출장을 가지 못한다면 직장에서 해고되어 부모가 진 빚을 갚지 못할 것이란 걱정을 하고 있다. 잠자는 어떻게든 침대에서 일어나보고자 애를 쓰지만 미세하게 꿈틀거리는 것 외에는 출장길에 나설 방도가 없다. 그때 직장의 상사가 찾아와 그를 부른다. 상사와 가족들은 그를 재촉하지만 그는 알아들을 수 없는 괴성만 질러댈 뿐이다. 상사는 그 소리에 놀라 발길을 돌려버렸고 가족들은 그가 병에 걸린 것이라고 생각하며 간호를 해준다. 하지만 시간이 지남에 따라 잠자의 존재는 가족들에게 짐이 되기 시작했고 어느 날 아버지가 집어던진 사과가 그의 등에 박혀 결국 어두운 방에서 쓸쓸히 죽음을 맞이하게 된다. 가족들은 그의 시체를 청소부에게 치우게 하고 홀가분한 마음으로 소풍을 떠난다.

이 이야기는 우선 현대 산업화 사회에서 낙오한 한 인간이 맞이하게 된 최후를 그리는 서사로 읽힌다. 또한 그레고르 잠자의 변신은 본래적 자아와 현실적 자아라는 개념을 통해 다시 설명될 수도 있다. 그의 본래적 자아는 가족의 생계를 책임지는 과정에서 점점 퇴색되어 간다. 오직 돈을 버는 것을 최대의 과제로 삼게 된 그의 현실적 자아는 잠자의 본래적 자아를 공격하게 되고 그로 말미암아 파괴된 잠자의 정신은 그의 육체마저도 흉측한 곤충의 모습으로 변화하게 만든다. 벌레는 결국 끝없는 욕망의 좌절 속을 살아가야 하는 인간들의 비극적인 상징물인 셈이다. 또한 그는 결국 가족들의 보호를 받지 못한 채 아버지가 던진 사과에 맞아 죽음에 이르게 되는데, 기독교적 상징을 대표하는 아버지와 사과는 이 작품의 이면적 해석을 더욱 복잡하고 광범위하게 이끌고 있다. 이러한 의미에서 작품 속 '변신'의 다의성은 우의가 아닌 상징의 차원으로 이해하는 근거가 될 수밖에 없다.[15] 사회가 요구하는 경제적이고 기능적인 능력을 상실한 개인이 가족을 비롯한 모든 사회에서 추방되고야 만다는 비극은 결국 산업사회를 살아가는 모든 구성원에게 적용되는 거대한 담론이다.

지금까지 환상문학으로의 여행을 위한 대강의 이론적 사전 지식을 살펴봤다. 이론은 이론일 뿐 그것의 적용은 어디까지나 독자의 몫이다. 이 책은 널리 알려지거나 혹은 감춰진 환상문학을 소개하는 데 그 목적을 두고 있다. 이제 본격적으로 환상문학 속을 여행할 작정이다. 그리 긴 여행은 아니다. 우리는 환상문학 속으로 정확히 다섯 걸음을 걸어갈 것이다. 소설 속 환상의 숨겨진 의미와 작가의 의도를 파악하면서 문학의 중요한 이론도 함께 만나보도록 하자.

---

15) 박진·김행숙, 앞의 책, p.61.

첫 걸음. 피곤한 청춘들이 만난 환상

● 고단한 산수(算數) 속에서 만난 이상한 경험

● 살아가는 혹은 살아가야 할 세계에 관한 사유

고단한 산수(算數) 속에서 만난 이상한 경험

　박민규 소설 속 인물들의 생활상은 피곤하다. 그들이 피곤함에 대처하는 방법 (저항하거나 혹은 도피하는 모습)에서 박민규의 소설은 시작된다. 그렇다면 박민규의 소설에 나타나는 피곤함의 원인은 무엇이며, 그 피곤함을 호소하는 이들은 누구인가. 이 물음에 대한 해답은 박민규의 단편 〈그렇습니까? 기린입니다〉에 등장하는 아버지와 아들이 가지고 있는 자격과 역할의 부조화 속에 숨어 있다. 작품 속 화자의 그 무렵을 잠시 살펴보도록 하자.

　화성인들은 좋겠다. 그해 여름은 너무 무더워, 나는 늘 그런 상념에 젖고는 했다. 상고(商高)의 여름방학은 생각보다 길어서, 그런 상념에라도 빠지지 않으면 견딜 수가 없었다. 긴긴 여름, 게다가 나는 여러 일터를 전전했다. 오후엔 주유소에서, 또 밤에는 편의점에서. 있으나마나 한 여자애들이 일터마다 있긴 했지만 있으나마나 했으므로 지루하긴 마찬가지였다. 비하자면 수성과 금성과, 있으나마나인 별들을 지나, 지구까지 오던 태양광선이 나 같은 기분이었을까? 덥지도 않고, 멀고먼 화성.

　일터를 돌다보면 별의별 일들을 겪게 마련인데, 모쪼록 그해의 여름이 그러하단 생각이다. 주유소에선 시간당 천오백원을, 편의점에선 천원을 받았으므로 나는 늘 불만이 가득했다. 그게 그러니까, 시작 때와 달리 불만이 생기는 것이다. 편의점의 사장은 이러면서 세상을 배운다 - 라고 말했지만, 이천원씩 받고 배우면 어디가 덧나나? 뭐야, 그럼 당신 자식에겐 왜 팍팍 주는데?를 떠나서 - 못해도 이천원 정도의 일은 하고 있다고 나는 늘 생각했다. 글쎄 천원이라니. 덥기만 덥고, 짜디짠 지구.

(p.69~70)

이 작품에는 상고에 다니고 있는 18살의 아들과 상사에 다니고 있는 45살의 아버지가 등장한다. 이들은 각각 자신이 처해있는 환경 속에서 최선을 다해 생활을 영위해 나가고자 노력하고 있다. 18살의 아들은 시급 천오백 원의 주유소와 시급 천 원의 편의점 아르바이트를 하고 있으며, 아버지는 병든 노모와 가족들의 생계를 짊어지고 한평생을 초라한 도시락을 먹으며 일하고 있었다. 하지만 이들의 눈물겨운 노력에도 불구하고 삶의 방향성은 결코 긍정적으로 향하지 않는다. 식당일에 지친 어머니는 결국 쓰러져 병원 신세를 지게 되고, 상고 출신의 취업률은 바늘구멍만큼이나 좁아져 버렸다. 또한 아버지가 다니고 있는 상사 역시 사정이 급격하게 악화되어 결국 회사를 옮겨야 하는 상황에 이르고 만다.

비교적 급여가 높은 지하철역 푸시맨으로 일하게 된 아들은 자신이 일하고 있는 역에서 초라한 모습으로 열차를 기다리고 있는 아버지를 목격한다. 아들은 더 이상 발 디딜 틈이 없는 지하철 속으로 그악스럽게 아버지를 밀어 넣는다. 그렇게 지하철을 타고 떠난 아버지는 집으로 돌아오지 않았다. 말 그대로 실종되어 버렸다. 가정에서 아버지는 사라졌지만 일상은 반복되고 있었다. 아들은 아버지를 대신해 일을 하고 돈을 벌었으며 그 돈으로 가족들의 삶은 영위되었다. 이듬 해 봄, 여느 때와 마찬가지로 아들은 지하철역에서 푸시맨으로 일하고 있었다. 그때 아버지가 나타났다. 아버지는 단정한 차림의 양복을 입고 역의 이곳저곳을 천천히 거닐고 있었다. 분명 아버지였지만 사라지기 전과 전혀 다른 모습이었다. 아버지는 한 마리의 기린이 되어 있었다.

작품 속에서 독자가 만나게 되는 환상의 영역은 매우 짧은 부분이다. 아들은 생계를 위해 1교시 수업마저 빠지며 러시아워가 지난 지하철역에서 가쁜 숨을 몰아쉬고 있었다. 그때 지난 가을 한마디 기별도 없이 어디론가 홀연히 사라져 버렸던 아버지가 돌아온다. 그러나 재회한 아버지는 한평생 도시락으로 점심을 때우던 초라한 모습의 그가 아니었다. 아들은 우아한 걸음으로 서울의 지하철역 이곳저곳을 산책하고 있는 기린이 된 아버지를 보았다. 이러한 갑작스럽고 순간적인 환상의 영역은 독자를 당황스럽게 할지도 모른다. 이 장면에서 앞서 언급한 바 있는 환상이 가져야 할 조건에 대해 제시한 토도로프의 정리를 다시 한 번 살펴보도록 하자.

　그의 정리를 따르면, 독자는 작품 속 인물이 현실의 세계를 살아가고 있다고 생각하게 해야 하지만, 작품 속에서 발생하는 사건에 대해서는 자연과 초자연 사이에서 망설이게 해야 한다고 말했다. 또한 작품 속 인물이 발생한 사건에 대하여 망설이고 있는 순간, 독자 역시도 그와 동일한 감정을 느껴야 한다고 주장하였다. 그가 제시한 조건의 핵심 요소는 망설임과 동일화의 존재 여부이다. 토도로프는 독자가 작품에 대한 결론을 내리는 환상의 세부적인 조건에 대해서도 다음과 같이 정리하였다. 독자가 결말 부분에 이르러 작품 속에 제시된 환상에 대하여 합리적이고 타당한 결론을 내린다면 '기이'로, 반면 초자연적인 법칙을 인정하면서 환상을 그대로 받아들인다면 '경이'로 세분화 시킬 수 있다고 정리하였다.

　위의 정리를 따른다면 과연 기린이 되어 돌아온 아버지는 '기이'인가, '경이'인가. 이 둘에 대한 선택은 어디까지나 독자의 몫일지도 모른다. 중요한 것은 기린이 되어 돌아왔다는 이 황당한 사건이 아니라 그런 환상이 가능하게 한 현실에 대한 고찰에 있을 것이다. 이 고찰은 결국 환상을 유발하게 하는 현실에 대한 분석에 해당한다. 환상을 유발하게 하는 현실의 요소는 '부조화'이다. 아버지와 아들, 그들 각각에게 주어진 자격과 역할이 부조화를 맞는 순간 인물들은 환상의 영역으로 빠져 든다.

미안하구나.

아버진 그렇게 얘기했다. 또 그 소리. 내가 일만 한다 하면 늘 같은 소리였다. 처음엔 들을 만했는데, 결국 들으나마나가 돼버린 지 오래다. 나이 마흔다섯에 시간당 삼천오백원, 즉 그것이 아버지의 산수였다. 여하튼 무슨 상사에 다녔는데, 여하튼 〈무슨 상사〉라고밖에 말할 수 없는 직장이었다. 딱 한 번 나는 그곳을 찾아간 적이 있다. 중학교 때의 일인데 도시락을 갖다 주는 심부름이었다. 약도가 틀렸나? 엄마가 그려준 약도를 몇 번이고 확인하며, 근처의 골목을 서성이고 서성였다. 간신히 찾아낸 아버지의 사무실은 - 여하튼 그곳에 있기는 한, 그런 사무실이었다. 쥐들이 다닐 것 같은 어둑한 복도와, 형광등과, 칠이 벗겨진 목조의 문, 혹시 외국(外國)인가? 라는 생각이 들 만큼이나 〈을씨년〉스러운 곳이었다. 깜짝이야, 그런 단어가 머리 속에 있었다니. 넉넉한 환경은 아니어도, 제법 메탈리카 같은 걸 듣던 시절이었다. 그래도 세상은 뭔가 ESP 플라잉브이(메탈리카가 사용한 기타의 모델명)와 같은 게 아닐까, 막연한 생각을 나는 했었다. 했는데, 해서 문을 열고 들어서자 꼬박꼬박 도시락만 먹어온 얼굴의 아버지가 가냘픈 표정으로 사무를 보고 있었다. 아버지, 저 왔어요.

…〈중략〉…

인간에겐 누구나 자신만의 산수가 있다. 그리고 언젠가는 그것을 발견하게 마련이다. 물론 세상엔 수학(數學) 정도가 필요한 인생도 있겠지만, 대부분의 삶은 산수에서 끝장이다. 즉 높은 가지의 잎을 따먹듯- 균등하고 소소한 돈을 가까스로 더하고 빼다보면, 어느새 삶은 저물기 마련이다. 디 엔드다. 어쩌면 그날 나는 〈아버지의 산수〉를 목격했거나, 그 연산의 답을 보았거나, 혹 그것을 고스란히 물려받았는지도 모를 일이다. 즉 그런 셈이었다. 도시락을 건네주고, 산수를 받는다. 도시락을 건네주고, 산수를 받았다. 그리고 느낌만으로 〈아버지 돈 좀 줘〉와 같은 말을 두 번 다시 하지 않는 인간이 되었다.

(p.72~73)

아버지의 초라한 현실을 목격한 날, 아들은 아버지로부터 그의 초라한 산수를 물려받게 된다. 아버지의 산수는 복잡하지도 않고, 그 연산의 답이 결코 기대 이상의 것도 아니다. 이 산수의 대물림은 곧 아버지의 자격과 역할이 아들에게로 이전되는 매개로 작용한다. 아버지는 자신의 초라한 산수로 인해 아들이 아들로서 가져야할 적확한 자격과 역할에서 벗어나 있는 것을 미안해한다. 아버지도 나름의 노력으로 위기에 빠진 가정을 구하기 위해 노력하고 있지만 현실의 사정은 더욱 악화되고 만다. 이런 상황 속에서 작품은 중요한 배경을 제시한다.

그 배경은 지하철역이다. 작품 속에서 지하철역은 여러 가지 형태로 인물과 세계를 연결하는 역할을 하고 있다. '나'의 입장에서 보자면 지하철은 자아와 세계를 연결하는 공간으로 제시된다. 시급이 삼천 원이라는 선배의 말에 이끌려 지하철역 푸시맨으로 일하게 된다. 다른 아르바이트보다 시간도 짧고 급여도 높다는 말에 선뜻 일을 수락하기는 했지만 현실은 그리 녹록하지 않았다. '나'

는 출근길에 보게 되는 지하철을 하나의 세계로 인식한다. 그 세계
는 180명 정원에 400명이 타야하는 치열한 경쟁의 장이다. 한 가
지 주목해서 인식해야 하는 점은 지하철이라는 세계와 '나'의 위치
성이다. '나'는 아침마다 그 누구보다도 많은 지하철을 만나지만
정작 그 속으로 들어가지는 않는다. 대신 그 세계 속에서 살아가야
할 다른 사람들을 밀어 넣기만 한다. 이러한 '나'의 역할이 의미하
는 바는 무엇일까. 이 의문에 대해 선행되어야 할 정보는 '나'가 18
살의 청소년이라는 점과 상업고등학교에 다니고 있다는 사실이
다. 아직 성인이 되지 못한 상업고등학교의 학생이 경쟁의 장으로
상징되는 지하철이라는 세계 속으로 사람들을 밀어 넣는다는 매
우 부조화된 현실이다. 비주류라는 자격으로 이름붙일 수 있는
'나'의 역할이 주류의 자격을 가진 타인들을 현실세계로 실어 보
내고 있는 것이다. 이런 의미에서 볼 때 지하철은 이미 환상적 공
간의 역할을 하고 있다고 분석할 수 있다. 또한 작품의 가장 중심
이 되는 사건 역시 이 지하철역에서 발생하다. '나'는 지하철역에
서 이리저리 밀리다 자꾸만 자신의 세계에 탑승하지 못하는 아버
지를 발견하게 된다. '나'는 결국 아버지를 밀기 시작한다. 아들이
아버지를 현실 속으로 또는 경쟁 속으로 밀어 넣는다는 설정은 작
품이 가지고 있는 가장 큰 갈등의 모습이다. 현실의 고달픔에 좌절
하고 있던 '나'는 때마침 지하철역에서 여느 때와 다름없이 이리저
리 밀리고 있는 아버지를 발견한다. 그리고 매우 거칠게 아버지를
지하철 속으로 밀어 넣으려고 애쓴다. 하지만 아버지는 조용히 아

들의 이름을 부르며 〈잠깐만, 다음 걸 타자〉라며 잠시 세계로 통하는 문에서 발을 뺀다. 다음 지하철이 들어오기까지 잠깐 숨을 고른 아버지는 순순히 아들에게 몸을 맡긴다. 그렇게 지하철을 타고 떠난 아버지는 돌아오지 않았다. 작품은 아버지와 아들이 대립하는 갈등의 최고조에서 아버지를 환상의 영역으로 보내버린다. 평소 타고 다니던 지하철이 현실의 영역이었다면, 그날 올라탄 지하철은 아버지에게 있어 더 이상 현실이 아니었다. 아버지는 지하철 속에서 자신이 짊어진 가장으로서의 자격과 역할을 모두 포기했다. 이는 현실을 포기하고 환상의 영역으로 들어갔다는 것을 의미한다. 한편 아버지를 밀어낸 아들은 새로운 자격과 역할을 스스로에게 부여한다. 그것은 새로운 '가장의 탄생'이었다. 아들은 새로운 가장으로서의 자격과 역할을 충실히 수행한다. 사라진 아버지의 임금을 받아내고 할머니를 요양병원에 보내고 어머니의 병 수발까지, 혼자서 수많은 삶의 난관을 극복해 나가고 있었다. 새로운 가장의 등장에 어려웠던 가정 형편이 다시금 숨을 트고, 그러한 결과에 '나' 스스로도 삶이 큰 축복일지도 모른다는 성숙된 사고를 가지기에 이른다.

　저것은 설마

　기린이 아닌가. 그것은 정말 한 마리의 기린이었다. 기린은 단정한 차림새의 양복을 입고, 플랫폼 이곳저곳을 천천히 거닐고 있었다. 오전의 역사는 한가했고, 아무리 한가해도 그렇지-사람들은 그럴 수도 있지 뭐, 의 표정으로 그닥 신경을 쓰지 않는 눈치였다. 이거야 원, 누군가 한 사람은 긴장해야 하는 게 아닌가, 란 생각으로 나는 기린을 예의, 주시했다. 끄덕끄덕, 머리를 흔들며 걷던 기린이 코너 근처의 벤치 앞에서 멈춰 섰다. 그리고, 앉았다 라고 해야 할 만큼이나 분리되고, 모션이 큰 동작이었다. 이상하게도 그 순간, 나는 기린이 아버지란 생각을 했다. 이유는 알 수 없지만, 그런 확신이 들었다. 나는 이미 통로를 뛰어가고 있었다. 사라지기 전에, 사라지기 전에.

다행히 기린은 꼼짝 않고 앉아 있었다. 주저주저 그 곁으로 다가간 나는, 주저주저 기린의 곁에 조심스레 앉았다. 막상 앉으니 - 기린은 앉은키가 엄청나고, 전체적으로 다소곳하고 무신경한 느낌이었다. 기린은 이쪽을 처다보지도 않는데, 나는 혼자 울고 있었다. 이상하게도 자꾸만 눈물이 나오는 것이었다. 아버지… 곧장 나는 가슴 속의 말을 꺼냈고, 기린의 무릎 위에 내 손을 올려놓았다. 떨리는 손바닥을 통해, 손으로 밀어본 사람만이 기억하는 양복의 질감이 그대로 느껴져왔다. 구름의 그림자가 빠르게 지나갔다. 기린은 여전히 아무 반응이 없었다. 아버지, 아버지 맞죠?

(p.92~93)

아버지는 모든 현실에서 자취를 감추었다. 겨울이 지나고 봄이 되어서 아들이 일하고 있는 지하철역으로 돌아오기는 했지만 이미 아버지는 현실에 몸을 담고 있는 인물이 아니다. 아버지는 기린일 수도 있고, 코끼리일 수도 있고, 한 마리 까치일 수도 있다. 아버지가 그 무엇이 되었건 그것은 중요하지 않다. 어쨌거나 아버지는 이제 아들에게 밀려 지하철을 탈 필요가 없다. 그는 이제 천천히 산책을 즐기고 있다. 현실의 아버지는 복잡한 출퇴근 시간이 아니면 지하철에 나타나지 않았다. 하지만 환상을 살아가는 아버지는 기린의 모습으로 한가한 오전 시간의 플랫폼에 등장했다. 아들은 기린이 된 아버지의 손을 잡고 다시 현실로 돌아와 줄 것을 호소하지만 이미 자신의 자격과 역할이 상실된 그는 무관심한 눈빛으로 외면한다. 이미 돌아갈 자리가 남아있지 않다는 것을 인지하고 있는 아버지는 아주 천천히 아들에게 말한다. 자신은 이미 현실을 떠나 환상의 세계를 살아가고 있으며, 아들이 살고 있는 세계에서는 자신의 자리가 사라진 또는 박탈당한 채로는 살아갈 수 없다는 의미의 한마디를 남긴다.

무관심한, 그러나 잿빛의 눈동자가 이윽고 물끄러미 나를 바라보았다. 기린은 자신의 앞발을 내 손 위에 포개더니, 천천히, 이렇게 얘기했다.

그렇습니까? 기린입니다.

(p.93)

한편, 소설에서 자신의 욕망이 좌절된 인물이 현실을 타파하는 방법으로 도피 혹은 환상 속으로 떠나는 경우만 존재하는 것은 아니다. 〈그렇습니까? 기린입니다〉의 아버지의 경우와 달리, 좌절된 현실 속 욕망을 그대로 받아들이면서, 그 받아들임에 방법으로 환상을 이용하는 경우도 있다. 이러한 인물들에게 환상은 공간적인 의미보다 '방법으로서의 환상'으로 해석함이 타당하다. 〈고마워, 과연 너구리야〉에 등장하는 '나'와 손팀장은 방법으로서의 환상을 만나는 대표적인 캐릭터이다. '나'는 월 커뮤니케이션이라는 회사의 인턴사원으로 4개월 째 일하고 있다. 여덟 명의 경쟁자 중 오직 한 명만이 살아남아 정식직원으로 발탁될 수 있는 미래에 대한 불안감으로 '나'는 회사 안의 온갖 궂은일과 잡무를 마다하지 않는다.

〈네〉라고 힘차게 대답하며 뛰어가는 나는 - 이곳 월 커뮤니케이션의 인턴사원이다. 사 개월째다. 내가 생각해도

존경스럽다. 잘도 이따위 일을 사 개월째 하고 있으니 말이다. 인턴은 모두 여덟 명. 즉 일곱 명의 경쟁자가 나와 함께 일하고 있다. 월급이라고는 말 못하겠고, 그저 왔다갔다 차비 정도를 받고 있다. 일은 거의 날밤을 새는 수준, 육 개월의 연수기간이 끝나야 그중 한 명이 정식 사원으로 발탁된다. 그럼 나머지는? 글쎄. 이곳의 인사부장은 〈좋은 경험으로 여기세요〉라고 말했지만, 떨어지기만 해봐라.

나머지 일곱 명도 필사적이다. 그래서 미치겠다. 쉴 수가 없는 것이

다. 개중 두 명의 여자애들은 토익이 높기로 유명한데다, 하여간에 지독하다. 목숨이라도 건 분위기. 네 명은 그런저런 도토리, 또 한 명은 바보지만 다들 열심이긴 마찬가지다. 이거야 원, 하고 탓할 수도 없는 일이다. 이미, 세상이 이렇게 생겨 먹어버린 걸 어쩌겠어.

(p.40)

그러던 어느 날, 직장 상사인 손팀장은 '나'에게 오래된 게임인 '너구리'를 자신의 컴퓨터에 실행할 수 있게 해 달라고 부탁한다. 아무런 의심도 없이 게임을 실행하게 해 준 나는 며칠 뒤 '너구리 광견병'이라는 금시초문의 병에 대한 이야기

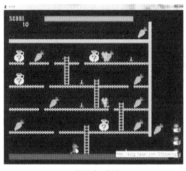

너구리 게임

를 듣는다. 손팀장은 '나'가 실행해준 너구리 게임으로 인해 너구리 광견병에 감염되었으며, 그로인해 회사에서 해고당하게 되었다는 사실을 알게 된다.

그렇다면 너구리 광견병이란 이 황당한 병의 진실은 무엇인가? 이 병에 대한 진실을 알기 위해서는 손팀장이 '나'에게 게임의 실행을 부탁한 당일의 행적을 조사해 볼 필요가 있다. 그날 손팀장의 팀은 중요한 프레젠테이션에서 고배를 마신다. 경쟁에서 탈락한 후 그는 자신의 자리로 돌아와 '나'에게 게임의 실행을 부탁했고,

게임이 실행되자 그 이후 미동도 없이 게임에만 열중했던 것이다.

이러한 앞뒤 사정으로 미루어 볼 때, 손팀장에게 너구리라는 게임은 현실에서 좌절된 욕망을 견디는 하나의 환상으로 해석할 수 있을 것이다. 현실을 견디는 방법으로 그는 어린 시절 즐겨하던 간단하고 오래된 게임을 찾게 되었고, 그 환상에 빠지면서 억압된 현실을 외면 한 채, 오직 게임을 즐기는 것으로 현실의 괴로움을 망각할 수 있었다. 회사의 입장에서 볼 때, 이 같은 손팀장의 증상은 당연히 병적인 것으로 해석할 수밖에 없다. 경쟁이 최우선 과제로 손꼽히는 회사라는 사회 속에서 도태된 소속원은 암적인 존재이다. 손팀장은 점점 회사에서 고립되어갔고, 급기야 그가 회사 책상에 앉은 모습은 흡사 너구리로 변해 갔다. 결국 손팀장은 회사에서 해고되고 만다.

손팀장에게 너구리가 실패한 이의 도피적 방법으로의 환상이었다면 '나'에게 너구리는 불확실한 미래를 견디는 환상으로 다가온다. 손팀장이 회사를 떠난 후, '나'는 남색가로 소문난 인사부장에게 한 통의 메일을 받게 된다. 인사부장은 '나'를 비롯한 인턴사원들의 채용에 책임을 지고 있는 인물이다. '나'는 썩 내키지는 않지만 그의 부름을 외면하지 못한다. 그날 밤, '나'는 인사부장이 무리하게 권하는 술에 취해 그와 함께 사우나에서 잠을 자게 된다. 인사부장은 아무도 없는 목욕탕 안에서 '나'를 성폭행한다. '나'는 어쩔 수 없이 그의 몸을 받아들인다. 욕정을 채운 인사부장이 목욕탕을 빠져나갔을 때, '나'는 수치심에 몸을 떨며 눈물을 흘린다.

그때, 자욱한 수증기 속에 한 마리의 너구리가 나타난다. 이태리 타월을 들고 나타난 너구리는 '나'를 돌아앉게 한 뒤 천천히 그리고 꼼꼼하게 등을 민다. 비누칠까지 완벽하게 마무리 했을 때, 나는 창공을 날고 있는 듯한 감격에 다시 눈물을 흘리고 만다.

잠깐이다. 후회는 없다. 돌이켜보면 딱히 하고 싶은 일도 없었던 청춘이다. 경쟁자는 많고 취업은 힘들고, 세상은 엉망진창이었다. 잠깐이다. 잠깐이다. 이제 잠깐 후면 나는 저 허공 너머 - 점 한 칸 크기의 착지점 위에 무사히 착지해 있을 것이다.

아주 잠깐 동안, 나는 부장의 페니스가 흰 액체를 쏟아내는 걸 본 듯하고, 부장이 샤워기로 자신의 정액을 씻어내리는 걸 본 듯도 하고, 다시 한숨을 쉬며 내 어깨에 손을 얹는 걸 느낀 듯도 하고, 무척 많은 걸 의미하는 〈수고했네〉라는 말을 들은 듯도 하고, 지친 듯 사우나의 문을 나서는 그 뒷모습을 본 듯도 했다.

나는 그 거대한 욕탕의 바닥 위에 말없이 주저앉았다. 그리고 피부가 견딜 수 있는 가장 뜨거운 수치의 온수를 미리끝부터 뒤집어쓰기 시작했다. 증기가 피어오르는 그 물줄기 속에서 나는 갑자기 혼자란 느낌이었고, 쓸쓸했고, 눈물이 났다.

그때였다.

등뒤의 인기척이 느껴진 것은. 돌아보니 안개처럼 자욱한 수증기 속에 여태껏 본 적 없는 크고 거대한 너구리가 이태리타올을 들고 서 있었다. 황갈색의 털과 좋은 대비를 이루는 연두색의 이태리타올이었다. 희뿌연 수증기 속에서 너구리는 모든 것을 지켜봤고, 또 모든 것을 이해한다는 표정으로 나를 향해 고개를 끄덕였다. 나도 고개를 끄덕였다. 천천히 의자를 내밀며 너구리가 말했다.

앉아.

새벽의 사우나는 고요했고, 그 고요 속에서 나는 마치 친구와도 같은 한 마리의 너구리에게 편안한 마음으로 등을 맡겼다. 참으로 등을 밀어 본 지는 몇 년 만의 일이었고, 너구리는 무척이나 등을 많이 밀어본 솜씨였다. 이상한 일이지만, 등의 때를 밀면서 나는 아주 조금씩 기분이 좋아지기 시작했다. 그리고 너구리의 마지막 손질이 끝났을 무렵에는, 비교적 즐거운 마음이 될 수 있었다.

(p.63~64)

작품 속에서 드러나지는 않지만, 목욕을 마친 '나'는 회사로 돌아가게 될 것이다. 그리고 다시 회사 속의 경쟁 속으로 들어가 살게 될 것이다. '나'에게 나타나 인사부장의 정액과 세상의 부조리함을 말끔히 씻어준 '너구리'라는 환상은 앞서 손팀장에게 나타난 환상은 그 의미에서 차이가 있다. 하지만 그들에게 나타난 환상은 모두 현실을 견디기 위한 방법의 일환이었다는 것에는 별반 차이가 없다. 손팀장은 자신의 위치에서 물러나야 할 순간에 환상을 만난다. 그리고 그 몰락의 방법으로 환상을 선택했다. '나'는 자신의 자리를 만들어야 하는 과정에서 만나야 하는 부당함에 대한 견딤으로 환상을 경험한다.

'나'는 견딜 수 있는 방법과 이유를 만들어 줘서 감사하다는 의미의 말을 너구리에게 남긴다.

"고마워, 과연 너구리야."

살아가는 혹은
살아가야 할 세계에 관한 사유

삶은 선택의 연속이다. 이 명제의 적용은 실제 인간의 삶이든 소설 속 인물의 삶이든 어느 곳에나 유효하다. 소설을 그럴만한 까닭에 따라 논리적으로 일관성 있게 사건을 나열한 유기체라고 할 때, 소설 속에서 인물이 맞닥뜨리게 되는 선택은 한 인물의 운명뿐만 아니라 작품 전체의 성격을 결정하는 중요한 요소가 된다. 인물이 자신의 진로 혹은 거취를 결정하는 순간, 선택의 결과도 함께 만들어진다. 선택의 결과란, 인물의 선택으로 이루어진 상황의 긍정·부정·답보 등의 방향성을 말한다. 결국 인물은 선택을 통해서 행복과 불행, 진보와 정체가 결정되어진다. 그렇다면 인물이 결정할 수 있는 선택의 범위는 과연 어디까지인가에 주목해 볼 필요가 있다. 현실 세계에서 이루어지는 모든 선택은 현실의 범위를 넘어설 수가 없다. 현실 안에서 생성된 상황이나 사물에 대해서만 유효한 선택이 가능하다. 하지만 소설 속에 인물은 어떠한가. 소설 속에서 환상이라는 범주가 개입될 때, 인물은 선택의 범위를 달리해야 한다. 소설 속 인물들이 만나게 되는 선택의 범위란, 자신이 살아가는 또는 살아가야 할 세계에 대한 선택이다. 환상문학에 관한 여러 이론들을 결국, 환상이란 현실에서 만족하지 못하는 욕망의 새로운 발현이라고 말할 때, 위에서 언급한 살아가는 세계란 만족하지 못하는 욕망을, 살아가야 할 세계란 그 욕망의 새로운 발현을 지칭한다고 볼 수 있다. 즉, 현실에 머물 것인가, 환상 속으로 떠날 것인가에 대한 공간의 새로운 선택이 필요한 것이다. 앞서 살펴본 〈그렇습니까? 기린입니다〉의 경우에서도 이러한 세계에 관한 선택이 극명하게 드러나 있다. 지하철이라는 매개물을 통해 아버지는 살아가야 할 세계로 떠났고, 아들은 살아가고 있는 세계에 머물렀다. 그 결과로 아버지는 기린이 되어 지하철역을 산책하게 되었고, 아들은 여전히 지하철역에서 푸시맨으로 일하고 있다.

박민규의 단편 〈아, 하세요 펠리컨〉에 등장하는 인물들 역시 자신이 존재해야 할 세계를 선택하는 문제에 봉착해 있다. 이러한 인물들의 상황은 곧 이 작품이 환상성의 범주에 속해 있다는 근거가 될 수 있다. 위에서 언급한 바 있듯이 이 작품도 '그 무렵' '나'의 이야기, 즉 경험담이다. '나'는 전문대를 졸업 후 취업전선에서 일혼 세 번이나 고배를 마신 뒤 서울에서 32킬로미터 떨어진 번두리 유원지에 취직하게 된다. '연천'이라는 이름을 가진 이 유원지의 사장은 무역업체를 경영하다가 실패한 후 남은 돈으로 이 유원지를 인수했지만 자신의 사업에 별다른 애정을 가지고 있지 않다. '나'는 공무원 시험을 준비하겠다는 속내를 가지고, 또 사장은 다른 사업을 키워 보겠다는 희미해져가는 야망을 가지고 한가한 유원지의 관리실에 머물고 있었다.

자살하기 딱 좋은 곳이네. 형사 중 하나가 그런 말을 남겼는데 과연, 하는 생각이 갈수록 드는 것이었다. 게다가 누구 하나 즐거운 사람이 없어 보였다. 32킬로미터나 떨어진 곳의 보트놀이다. 즐거워서가 아니라 즐겁지 않아서 타는 것이다 - 그런 생각이 나는 들었다. 원래 이런 일을 할 사람이 아닌 사장은, 그러나 원래해야 할 일이 자꾸만 꼬이는 눈치였다. 나는 퐁당퐁당 돌이라도 던지고 싶었다. 공무원 시험의 경쟁률이 연이어 사상 최고치를 경신해갔기 때문이었다. 냇물아 퍼져라 퐁당퐁당 퐁당 퐁.

(p.135)

유원지로 홀로 찾아온 한 중년의 남자가 저수지의 한가운데에서 오리배를 탄 채 음독자살한다. 이 남자의 품에 발견된 유서에 따르면 남자의 기업체는 부도를 맞았고 그로 인해 도피 중이었으며 가족들 역시 뿔뿔이 흩어진 상태였다. 이 사건을 계기로 사장과 '나'는 자신들이 머물고 있는 연

천 유원지에 대해 조금 다른 시각을 가지게 된다. 거의 포기하듯이 내버려 두었던 유원지를 정비하기 시작한 것이다. 막다른 길에 몰린 두 사람은 자신들이 가지고 있는 또는 속해 있는 곳에서나마 돌파구를 모색해 보려고 노력한다. 전국을 돌며 다른 사업을 물색하던 사장은 그것이 여의치 않다는 것을 알게 되었고, '나' 역시 매회 사상 최대치를 돌파하는 공무원 시험의 경쟁률에서 자신감을 잃어간다. 그러나 현실은 이들의 변화를 무색하게 만들고 만다. 낡은 유원지의 이곳저곳을 손보고 부서진 오리배들을 정비해 놓기가 무섭게 연천 유원지에는 세 개의 태풍이 연이어 들이닥친다. 새벽녘, 빗소리에 잠을 깬 '나'는 심하게 요동치고 있는 오리배들을 망연하게 바라본다. '나'는 흔들리는 오리배들의 모습에서 자신의 현실과 미래에 대한 자신감이 흔들리고 있는 것을 느낀다.

자판기가 있는 처마 밑은 비를 피하기에 좋은 장소였다. 우두커니 나는 커피를 마셨다. 우두커니, 우두커니, 우두커니 서 있는 내 삶이 그래서 더 선명하게 느껴졌다. 공무원이 될 수 있겠습니까? 스스로에게 드는 질문을, 그래서 종이컵과 함께 구겨 휴지통 속으로 집어던졌다. 휴지통의 모서리를 맞힌 컵이 바닥으로 떨어졌다. 모서리, 그러니까 저수지의 모서리 같은 곳에 고여 있던 어떤 소리가, 순간 두런두런 빗속을 뚫고 들려왔다. 작고 미약한 소리였지만, 분명 인간의 대화 같은 것이었다. 어둠 속을, 그래서 뚫어지게 나는 응시했다. 아무것도 보이진 않았지만, 두런두런한 소리만은 확실하게 느껴졌다.

귀를 기울였다. 소리는, 어떤 외국어로 이루어진 것이었다. 여러 명이었다.

(p.139)

'나'와 사장에게 환상은 태풍의 빗줄기를 타고 찾아왔다. '나'와 사장은 두런두런 들리는 이방의 소리를 따라 저수지의 선착장이 있는 곳으로 향한다. 그곳에는 누구도 상상할 수 없는 풍경이 눈앞에 펼쳐져 있었다. 저수지를 가득 채운 오리배의 군락. 그 군락에서 한 남자가 먼저 인사를 청했다. 그는 그곳에 모인 수많은 인파가 '오리배 세계시민연합'의 일원들이라고 자신들을 소개했다. 또한 자신들은 지구 반대편 아르헨티나에서 출발해 태평양을 건너왔으며 현재 중국으로 일자리를 찾아가는 중이라고 말했다. 이 시점에서부터 작품이 바라보는 세상은 전혀 다른 시각으로 변모한다. 작중인물들은 내면에서 들끓던 욕망이 현실에 의해 또 다시 좌절되었다. 원래 자신들이 가지고 있던 꿈을 접고 차선으로 선택했던 저수지에 대한 작은 희망마저 태풍으로 송두리째 흔들리고 있을 때, 그들은 드디어 전혀 다른 세계를 선택할 수 있는 기회를 만나게 된다.

그들에게 태풍이 휘몰아치던 날 밤 만나게 되는 오리배의 무리는 내면에서 존재하고 있던 욕망이 가시화되는 순간으로 해석할 수 있다. 이러한 가시화의 경우는 비단 '나'와 사장에게만 존재하는 것이 아니다. 이미 환상의 세계로 떠난 자들의 고백 역시 위의 해석을 뒷받침한다. 오리배를 타고 온 이들은 모두 가난한 남미의 노동자들이다. 그들은 여러 가지 여건의 변화로 인해 일자리를 잃었고 자신들이 살던 세계에서 희망 없는 나날을 보내고 있었다. 그런 날들 중에 '즐거워서가 아니라 즐겁지 않아서 타게 되는 오리배'의 숨은 기능을 알게 된 것이다. 처지가 비슷한 자들은 누구나 쉽게 숨겨진 오리배의 기능을 알 수 있었다. 그들은 모두 오리배에 앉아 무료한 시간을 죽이며 일자리가 있는 어딘가로 떠날 수만 있다면 얼마나 좋을까 하는 상상에 잠겨 있었다. 그 순간 오리배는 공중으로 떠올랐다.

이 사건을 계기로 하여 초라했던 연천유원지는 새로운 국면을 맞이하게 된다. 그 후 연천유원지는 오리배 시민연합의 공공연한 경유지로 자리매김하게 된 것이다. 오리배를 타는 자들은 그들만의 네트워크가 존재했고, 그 네트워크를 통해 정보를 교환한 연합 회원들은 중국이나 인도를 향해가는 길에 잠시 쉬면서 필요한 물자를 조달하는 장소로 연천유원지를 택하게 된다. 바야흐로 연천유원지는 현실과 환상, 체류와 떠남이 공존하는 장소로 변모한 것이다. 이러한 장소의 변모가 의미하는 바는 앞서 살펴본 〈그렇습니까? 기린입니다〉의 지하철역이 보여준 일면과 그 맥을 같이 한다. 가난한 아버지와 아들에게 있어 그곳은 살아감의 현실과 떠남의 환상이 함께 이루어지던 공간이었다. 한 가지 주목해야 할 사실은 공간의 환상성에 관한 원인에 관한 분석이다.

연천유원지나 지하철역이 환상의 공간으로 변모하게 된 것은 공간 자체의 변모에 의한 것이 아니다. 이는 그 공간에 머물고 있는 인물들의 내면이 변화한 것에 기인한다. 내면의 변화로 인해 그들은 두 가지 세상을 바라보는 시각을 가지게 되었다. 두 작품에 등장하는 인물들은 모두 욕망이 현실로부터 좌절되는 순간 내면이 변화하게 된다. 그들이 머물고 있는 공간은 분명한 현실성을 가진 장소이다. 내면의 변화가 이루어지지 않은 이들에게는 그곳은 분주한 지하철역이며, 한가한 유원지일 뿐이다. 이로써 다각화된 시각을 가지게 된 이들은 새로운 선택의 귀로에 봉착하게 된다.

현실적으로는 망각과 배제의 형식으로 은폐되고 억압되었던 욕망의 내용이 환상이라는 형식으로 표현되는 방식은 두 가지이다. 첫 번째는 심리적으로 억압되었던 욕망들을 도피의 형태로 허용함으로써, 욕망의 실체를 긍정하고 그에 대한 대리적 해소를 지향하는 것이며, 두 번째는 현실이 억압하고 은폐했던 세계, 혹은 그 구성물들을 등장시킴으로써 현실적 질서에 저항하고 그에 대한 전복을 겨냥하는 방식이다.[16] 이러한 표현 방식의 분류에 따르자면 앞서 살펴본 〈그렇습니까? 기린입니다〉와 본 절에서 다루고 있는 〈아, 하세요 펠리컨〉은 전자의 방식을 따르고 있다고 볼 수 있다. 두 작품에 등장하는 인물들은 모두 좌절된 욕망으로 인해 지친 현실의 삶을 살아가다가 결국 어떠한 계기에 의해 환상 속으로 떠나거나 또는 떠나게 될 계기를 만나게 된다.

그렇다면 후자의 방식은 어떠한가? 박민규의 소설에서 등장하는

---

16) 최기숙, 앞의 책, p.116.

인물 중 현실적 질서에 저항하면서 그에 대한 전복을 꿈꾸는 인물은 《카스테라》에 등장하는 스무 살의 대학생인 '나'가 대표적이다. '나'는 별다른 이유도 없이 불만이 많던 집을 나와 엄청난 소음을 내는 냉장고와 동거생활을 시작한다. 처음에는 냉장고가 내는 소음으로 인해 고초를 겪었지만 점차 그 소리에 적응해가면서 그 냉장고가 가진 특별한 매력에 빠지게 된다. 또한 냉장고라는 문명의 이기가 가지고 있는 진정한 기능에 대해 생각하기 시작한다. '나'는 냉장고의 역사가 인류가 만들어내는 부패에 대한 투쟁의 역사라고 결론 짓는다. 그리고 신선한 것은 더 오래 보관하기 위해, 부패한 것은 더 이상 썩지 않게 하기 위하여 '나'의 주변에 존재하는 것들을 하나 둘 냉장고에 넣기 시작한다. 그의 이런 시도로 인해 문학이, 학교가 아버지와 어머니가, 강대국이, 지하철이, 대통령이, 맥도날드가 냉장고 속으로 들어가게 되었다. 어느 날 문을 열어본 냉장고 속은 일약 국제사회가 되었다. 보존 또는 예방의 차원으로 수없이 많은 것들이 냉장고 속으로 들어가게 되자 현실의 세계는 사라진 만큼 변모하고 있었다. 그리고 20세기의 마지막 날 밤, 냉장고가 평소보다 더 심한 소음을 내다가 일순 조용해져 버린다.

놀랍게도 그 속은 텅 비어 있었고
오직 냉장실의 정중앙에
희고 깨끗한 접시 하나가 반듯하게 놓여 있었다.
그리고 그 접시 위에

한 조각의 카스테라가 있었다.

마치 하나의 세계를 다루듯

나는 조심스레 카스테라를 집어 올려봤다.

놀랍게도 따뜻한,

반듯하고 보드라운 직육면체가

손과 보드라운 직육면체가

손과 눈을 통해 거짓 없이 느껴졌다.

살짝 한 입을 베어 물었다.

달콤하고 부드러운 향이 입과 코를 지나

멀리 유스타키오관까지 퍼져 나갔다. 그것은

모든 것을 용서할 수 있는 맛이었다.

이상하게도

그 따뜻하고 부드러운 카스테라를 씹으며

나는 눈물을 흘렸다.

(p.35)

　앞서 살펴본 두 작품에서의 인물들과 달리 〈카스테라〉의 '나'는 현실과 환상에 대응하는 방법적인 측면에서 매우 적극적인 양상을 띤다. '나'가 알게 되는 냉장고의 다른 용도는 현실에 대한 불만에서 발현된 환상의 모습이다. 이러한 발현의 모습은 다른 두 작품과 크게 차이가 없다. 하지만 환상을 대하는 나의 태도는 사뭇 다르다. '나'는 스스로 냉장고 속으로 들어가겠다는 생각을 하지 않는다. 그 대신 세상에 존재하는 불만의 대상을 냉장고 속으로 집어넣는다. '나'는 환상을 통해 나를 바꾸지 않고 세상을 변화시킨다. 이 시도는 환상이 한 개인의 시각을 변모시키고 환상과 현실을 선택하게 하는 차원을 넘어선다. 좌절된 욕망을 생산해 내던 현실의 대상물을 환상 속으로 불러들여 그것을 제거하거나 개혁하는 이 방법은 환상을 인물이 살아가는 공간의 의미가 아닌 수단 또는 방법의 대상으로 이용하고 있다.

풍당풍당 풍당 풍, 그리고 그해의 공무원 시험에서 나는 보란 듯이 낙방을 했다. 140:1의 경쟁률이었다. 140:1이라니. 우두커니, 그래서 그대로 오리배를 타고 사라지고픈 심정이었다. 정작 오리배를 탄 것은, 그러나 사장이었다. 어째, 여기선 이제 할 일이 없다. 라-47호에 오르는 사장을, 나는 말릴 수 없었다. 유원지를 나에게 맡기고, 사장은 풍당풍당 미국으로 건너갔다. 그것이 이년 전의 일이다. 그리고 물론, 소소한 변화가 있었다.

(p.146)

지하철을 타고 떠나 대초원의 기린이 되어버린 아버지처럼, 결국 사장은 오리배 시민연합의 회원이 되고 만다. 그들은 더 이상 현실에서 할 수 있는 것이 없었다. 병든 노모와 의식을 잃은 아내의 모습에서 마흔 다섯 살의 시급 삼천오백 원짜리 산수는 의미를 잃었다. 아들은 무능한 아비의 몸을 원망이라도 하듯 지하철 속으로 무자비하게 밀어 넣었다. 구겨지듯 지하철 속으로 들어온 아버지는 비로소 자신이 머물 곳이 현실이 아니라는 자각을 하기에 이른다. 사장 역시 마찬가지이다. 수많은 자신의 꿈을 접어버리고 마지막 남은 유원지에 사력을 다해 보려고 노력했지만 결과는 달라진 것이 없었다. 스스로의 변화에도 반응을 보이지 않는 현실 앞에 그는 결국 환상을 선택하고 만다. 이러한 인물들 간에 나타나는 의식의 동일함은 현실에 남아 있는 자들에게도 그대로 반영된다. 지하철을 타고 사라진 아버지의 빈자리를 메우기 위해 아들은 더 많은 일자리를 얻어야 했지만, 새로운 가장으로 자리매김한 그는 충실히 맡은 역할을 수행해 나간다. 사장이 떠난 연천유원지의 홀로 남은 '나'역시 공무원 시험에서 다시 한 번 고배를 마시는 좌절을 경험한다. 하지만 '나'는 자신이 머물고 있는 연천유원지를 떠나지 않는다. 미약하나마 내면 깊은 곳에서는 남루한 유원지에 대한 애정이 생겨나고 있었다. 그렇다면 그들이 각각 지하철역과 유원지에서 벗어나지 않는 이유는 무엇인가에 대해 생각해 볼 필요가 있다.

유원지는 그런대로 조금씩 활로를 찾고 있었다. 사장이 맡긴 돈으로 나는 몇몇 어종을 들여놓았고, 해서 유원지에 낚시터의 개념이 혼합된 공간을 조금씩 마련하기 시작했다. 투자를 한 만큼, 또 아무래도 그 만큼의 사람들이 이곳을 찾게 되었다. 그리고 나는 국민연금을 내기 시작했다. 아니, 내야만 하는 것이었다. 노후의 안정된 삶에 대해 공단의 직원은 침을 튀겨가며 설명을 거듭했다. 이 기계엔 별 기능이 다 있구나 라는 생각을 하면서도, 나는 고개를 끄덕였다. 나에게 언제라도 탈 수 있는 열두 척의 오리배가 있었다.

(p.147)

현실을 살아가기로 선택한 자들에게 환상은 희망이다. 환상이 희망으로 전환되는 것은 인물들이 가진 의식이 새롭게 변화한 것이다. 환상이 현실과의 단절, 또는 도피의 대상으로 인식하던 이들은 먼저 떠나버린 자들의 뒷모습에서 환상의 이면을 발견하게 된다. 그 이면을 통해 그들은 팍팍하고 남루한 현실에 아직 자신의 할 일이 남아 있다는 것을 인식한다. 현실에서 부여된 임무는 그들에게 희망이라는 이전과는 전혀 다른 차원의 욕망을 심어 놓는다. 이러한 희망에 대한 사유는 작품을 통해 작가가 말하고자 하는 진정한 의도 또는 문학에서 환상이 존재해야 하는 이유에 해당할 것이다. 잠시 언급한 바 있는 《카스테라》에서도 결국 냉장고 속을 하나의 '사회'로 만들어 버리고 난 후 그곳에서 발견할 수 있었던 것은 용서와 희망이라는 포근함이었다. 현실에서의 해악과 소중함이 뒤죽박죽되어 환상이라는 공간으로 들어가, 그것들은 부패가 아닌 발효의 공정으로 거듭난다. 하여 환상이 이후 다시 시작되는 현실에서, 인물은 희망이라는 유익한 욕망을 계기 삼아 새로운 삶의 방향을 모색하게 된다.

◑ 《카스테라》에 수록된 〈코리언 스텐더즈〉는 강한 사회성과 환상이
접목된 작품이다. 이 작품을 읽고 '나', '기하 형', '아내', '젖소', '외
계인'의 상징성에 관해 논의해보자.

◑ 《카스테라》에 등장하는 '냉장고'와 동거를 시작하게 되었다면 당신
은 무엇을 그 냉장고 속에 집어넣고 싶은가? 그리고 당신이 집어넣
은 것들이 냉장고 속에서 무엇으로 변해있기를 바라는가? 작품이
의미하는 바를 참고하여 짧은 이야기를 만들어 보자.

◑ 〈아, 하세요 펠리컨〉의 '오리배'나 《카스테라》의 냉장고처럼 일상 속
에서 환상적 존재로 변하기를 바라는 대상이 있는가? 그 대상과 이
유로 이야기를 구성해 보자.

두 걸음. 21세기 한국형 판타지의 상징성 읽기

- 《양말 줍는 소년》에게 배우는 몇 가지 상징
- 환상 세계의 여행자를 위한 가이드북과 지도

《양말 줍는 소년》에게 배우는 몇 가지 상징

벽(壁) : ① 집의 둘레나 방을 둘러막은 부분. ② '극복하기 어려운 한계나 장애'를 비유하는 말.

벽은 기능과 약속에 따라 인간을 통제하기도 하고 보호하기도 한다. 문이 달린 벽은 언제든 벽 너머의 공간을 허락하지만 문이 없는 너머의 공간은 벽의 두께와 상관없이 허락되지 않는 미지의 영역이다. 판타지 문학에서 벽은 현실과 환상 세계를 연결하거나 분리하는 최고의 통로다. 판타지에서 벽은 인물의 자격과 필요에 따라 문으로 변신한다. 그러므로 벽은 환상 세계로 갈 수 있는 인간을 검열하는 기관이며 검열을 통과한 자가 이용하는 최초의 기구이다.

환상을 경험하는 인물의 대부분은 현실 세계에서 평범하거나 혹은 기본 이하의 인물로 설정된다. 말하자면 '열리지 않는 벽'에 갇히거나 벽에 부딪친 인물이다. 현실 세계에서 '벽을 문으로 만들수 있는 인물'은 현실을 떠날 이유가 없다. 인물과 사회의 충돌로 만들어지는 현실의 균열[17)]에서 이전에는 체험할 수 없었던 새로운 통로가 탄생한다. 인간이 환상을 꿈꾸는 가장 원초적인 이유 중하나는 '현실 도피'이다. 열리지 않는 현실의 벽은 환상의 벽으로 통과를 허락한다.

한편, 현실을 떠난 인물은 그 도피 중에 어떠한 자극을 경험하고 그 자극으로 인해 뚜렷한 목적의식이 생긴다. 인물이 환상을 경험하면서 목표가 발생하지 않으면 환상의 '서사성'은 만들어지지 않는다. 환상 세계로 도피한 후 사라진 줄 알았던 난관을 다시 만나게 되면서 그것이 현실의 삶과 연결된다는 것을 자각한 인물은 그동안 잊고 있던 자아를 발견한다. 인물의 자아 발견과 동시에 이야기는 새로운 국면으로 접어든다.

김이환의《양말 줍는 소년》은 평범하거나 혹은 현실의 기대치에 조금 못 미치는 한 고등학생의 환상 경험담이다. 대부분의 환상 경험자가 그러하듯 작중의 '나'는 수많은 벽과 벽에 부딪치며 살아간다. 바닥을 헤매는 성적과 부모의 불화와 이혼 속에서 '나'는 자신

---

17) 나병철,《환상과 리얼리티》, 문예출판사, 2011, p.65.

이 살고 있는 세상의 무게감을 힘거워 한다. 오랜 불화 속에 결국 '나'의 부모는 합의 이혼에 이르렀고 결국 '부'와 '모' 중 누구 하나를 선택해서 살 수밖에 없는 암울한 현실을 맞닥뜨리게 된다. 그리고 그 순간, 도무지 믿어지지 않는 경험을 하게 된다.

엄마는 핸드백에서 느닷없이 분필을 꺼냈다. 그러고는 〈스파이더맨2〉 포스터가 붙은 벽에 낙서를 시작했기 때문에 나는 당황했다.
"엄마……, 뭐 해?"
엄마는 벽에 이상한 숫자를 쓰고 있었다. 그 숫자는,

072772

였다. 엄마는 분필을 조심스럽게 핸드백에 넣은 다음 손가락으로 숫자를 짚어 보였다.
"이 숫자 잊어버리지 마라. 중요한 숫자야, 알았지? 앞으로 이 숫자를 많이 사용하게 될 테니까 잘 기억해 둬."
"그게 무슨 소리야, 엄마?"
아빠는 방문을 거의 부술 참이었다. 엄마는 침착하게 숨을 가다듬더니, 벽에 씌어진 숫자를 손등으로 노크하듯 똑똑 두들겼다. 그런 다음 말했다.
"당신을 환상의 나라로 초대합니다."
동시에 방문이 두 조각나면서 아빠가 들어왔다.

66

"안 돼!"

아빠는 소리 지르며 나를 잡으려 했지만 그렇게 하지 못했다. 아빠의 목소리는 희미해졌다. 나는 뒤를 돌아보았다. 물속으로 잠기듯 아빠의 모습이 부옇게 흐려졌다. 내 방 역시 희미해지며 현실감을 잃었다. 〈스파이더맨2〉 포스터가 붙은 벽은 우리에게로 다가왔고…… 투명해졌다가……

우리 뒤에 나타났다.

그리고 눈앞엔 환상의 나라가 펼쳐져 있었다.

(1권, p.33)

엄마와 함께 '나'가 도착한 환상 세계에는 자동차가 없다. 정확히 말하자면 자동차가 필요 없다. 그곳에서는 벽이 통로의 역할을 하고 그 통로는 순간적으로 이동해 순식간에 목표하는 곳에 사람을 데려다 놓는다. 환상 세계에서 벽은 차단의 기능이 없다. 벽 속에서 살고 있는 사람에게는 방호의 구실을 하며 이동이 필요한 사람에게는 언제든 원하는 곳으로 갈 수 있는 통로가 되어 준다. 현실 세계에서 벽이 가진 긍정적인 역할이 극대화되어 있는 셈이다.

《양말 줍는 소년》에서 벽은 이 작품이 추구하고자 하는 가장 중요한 상징물이다. 작품 속에서 환상 세계는 결국 현실 세계의 폐단을 고치기 위해 만들어졌다. 물론 그 수정된 제도가 환상 세계의 구성원 모두를 만족시키지는 못한다. 다수가 살아가는 세상에는 반드시 '제도'가 필요하다. 하지만 그 위치가 현실이든 환상이든

간에 다수의 구성원을 모두 만족시키는 제도는 존재할 수 없다. 현
실의 폐단이 수정된 벽이 다시 다른 단절의 벽으로 재탄생되는 것
은 결국 그 벽과 벽 사이를 살아가는 구성원에 의해서다.

　벽을 통해 환상 세계에 도착한 '나'는 '낡은 양말 관리국'이라는
기묘한 이름의 관공서에 취직하여 환상 세계의 삶을 살아가기 시
작한다. 그리고 자신의 태생 속에 숨겨진 비밀들을 파헤쳐가면서
환상 세계에서 어떤 역할을 해야 하는지를 깨닫는다. 이제 본격적
으로 벽을 통해 환상 세계로 날아온 '나'의 여정을 따라가 보도록
하자.

황금(黃金) : ① 금(金).
② 돈, 즉 재물(財物)을
뜻하는 말. ③ 귀중하고
가치가 있는 것의 비유.

《양말 줍는 소년》에서 환상 세계를 살아가는 구성원들은(사람과
동물) 뜻밖에도 모두 직업을 가지고 있다. 현실 세계를 살아가는
우리의 막연한 관념 속에서 환상의 세계는 일하지 않아도 누구나
행복하게 살아갈 수 있는 낙원의 모습으로 그려져 있을지 모른다.
하지만 실상은 그렇지가 않다. 환상 세계를 살아가기 위해서는 반
드시 일을 해야 한다. 심지어 동물들조차도 직업을 가지고 있다.
여기에 이 작품이 가진 중요한 상징성이 숨어 있다. 바로 정치와
자본이다.

환상 세계의 화폐는 오직 하나 '황금 동전'뿐이다. 단위도 없고 가치의 구분도 없다. 무엇을 사든 얼마나 사든 한번 구매에 황금 동전 하나를 지불하면 된다. 점심 한 끼를 사먹어도 황금 동전 하나, 집을 사도 황금 동전 하나다.

예를 들어 집도 자기가 원하는 만큼 가질 수 있었다. 한 채를 가지든 백 채를 가지든 가격은 다 같았다. 한 달에 황금 동전 하나. 한 채당이 아니라, 집 전체를 다 통틀어서 황금 동전 하나.

생활용품도 그렇다. 생활용품을 파는 가게에 가서 물건을 가져올 때마다 황금 동전 하나만 내면 된다고 한다. 옷을 한 벌을 사도 황금 동전이 하나고, 천 벌을 사도 황금 동전이 하나라는 것이다. 쌀을 한 줌 사도 황금 동전 하나고, 백 가마니를 사도 황금 동전 하나였다. 여러 개가 아니라 여러 종류를 사도 황금 동전 하나였다. 한 달 치 생필품을 가게에서 모두 쓸어 와도 황금 동전 하나였고, 껌 한 통만 사도 황금 동전 하나인 것이다.

그 말을 듣고 나니 궁금한 것이 수도 없이 많았다.

"그럼 엄마는 왜 이렇게 작은 집에 살아요? 집 한 백 채 사고, 옷은 한 천 벌 사서 쌓아 놓고 살지 않고? 동전 하나로 그 많은 걸 살 수 있다면 왜 다 사지 않아요?"

"관리하기가 힘들잖아."

(1권, p.190~191)

환상 세계에서의 화폐 가치가 상징하는 것은 현실 세계를 살아
가는 우리에게 시사하는 바가 매우 크다. 앞서 언급했다시피 환상
세계의 구성원들은 누구나 자신의 일을 가지고 있다. 일을 하고 그
에 따른 대가를 지급받는 것은 우리와 같다. 작품 속에 나타난 그
들의 평균 임금은 황금 동전 열다섯 개 정도다. 그렇다면 왜 환상
세계의 사람들은 맘껏 소비를 하지 않을까? 엄마가 말한 '관리'란
어떤 의미일까?

우선 상식 밖으로 환상 세계의 사람들이 모두 자신의 직업을 가
지고 있다는 점에 대해 생각해보도록 하자. 앞서 말했다시피 현실
속 우리의 관념 속에서 일을 하지 않고 살 수 있다는 것은 일종의
판타지다. 하지만 곰곰이 우리의 현실을 생각해보면 일을 하지 않
는 것이 판타지가 아니라는 것을 금방 깨달을 수 있다. 우리나라의
젊은 세대에게 '안정된 직장'이란 어떤 것인가? 십 수 년 간 학교를
다니고 과외 활동을 하고 형편이 허락한다면 유학까지 다녀오는
이유가 무엇인가? 그것은 바로 치열한 구직 전선에서 살아남기 위
함이다. 한국의 젊은 세대에게 직장만큼 간절한 소망은 없다. 그것
이 완벽하게 이루어지는 세상이 곧 21세기 한국을 살아가는 젊은
이들의 환상 세계다.

작품 속 '나'가 도착한 세상은 힘들이지 않고 일을 구할 수 있다.
그리고 자신이 어떤 일을 하고 얼마의 수익을 벌어들이든 가지고
싶은 것은 무엇이든 얻을 수 있다. 《양말 줍는 소년》 속에 정치와
자본을 향한 상징이 숨어 있다는 것은 바로 이 때문이다. 하지만

환상 세계에도 규칙이 있다. 누구나 일할 수 있고 무엇이든 구할 수 있는 세상이지만 구한 것에 대한 철저한 '책임'이 뒤따른다. 바로 엄격한 세제(稅制)가 존재하는 것이다. 환상 세계에서는 필요에 의해서만 구매해야 한다. 매일 매일 쓸 물건만 사야 한다. 사치품은 존재 할 수 없다. 환상 세계의 모든 물건에는 사용하지 않으면 곧 풀이 자라는 마법이 걸려있다. 풀이 난 물건은 사용할 수 없다. 또한 풀로 인해 사용하지 않는 물건을 버릴 때는 그 가치보다 더 무거운 세금을 내야 한다. 그러므로 필요하지 않은 물건은 살 수가 없다. 방치하면 곧 소실되고 소실되면 돈을 내야 한다. 매일 사용하는 물건이라면 얼마든지 값비싼 것을 구입해도 된다. 낡고 고장 나서 버리는 물건에는 세금이 붙지 않는다. 매일 쓰는 물건은 아주 비싼 것을 사도 상관없지만 가지고 싶다고 불필요한 것을 구매하면 곧 그에 따른 엄청난 세금을 내야 한다. 말하자면 급여로 받은 열다섯 개의 황금 동전 중 단 하나면 모든 것을 살 수 있지만 물건에 관리가 뒤따르지 않으면 남아 있는 열네 개의 동전보다 많은 금액을 세금으로 물어야 하는 것이다. '마법'이라는 판타지의 힘을 빌리기는 했지만, 환상 세계의 경제제도는 현실의 자본주의가 가진 단점을 가장 완벽하게 절충해 낸 제도가 아니겠는가?

"여기선 물건을 사용하지 않고 쌓아두면 바로 풀이 자라요. 집도 사용하지 않으면 구석구석 풀이 자라고요."

엄마도 말했다.

"바깥세상에서 청소를 하지 않으면 먼지가 쌓이는 것과 비슷한 거야. 약간 다른 점은 먼지야 털면 되지만 풀은 한번 나면 그 물건은 못 쓰게 돼. 마법도 안 통하고. 버리는 수밖에 없어."

그 말을 듣고 있으니 생각나는 것이 있었다. 양말 수거함과 같이 있던 정체 모를 수거함들 말이다. 양말 수거함은 항상 두 개의 다른 수거함과 같이 놓여 있는데, 하나는 "풀이 나서 쓸 수 없는 것", 다른 하나는 "낡아서 더 이상 사용할 수 없는 것"이라고 뚜껑에 씌어 있었다. 그 수거함이 바로 풀이 난 물건을 버리는 쓰레기통이었던 것이다.

"낡아서 버리는 건 돈이 들지 않아요. 하지만 풀이 나서 버리는 건 한 달에 다섯 개까지만 공짜고 그다음부터는 돈을 내야 돼요. 하나에 황금 동전 하나씩."

그러니까 옷을 천 벌 쌓아 뒀다고 치자, 그 옷들을 매일 관리하지 않으면 곧 풀이 자라서 못 쓰게 되고, 버리는 데 엄청난 돈이 들어가는 것이다.

그제야 모든 것이 이해가 갔다.

"꼭 필요한 것만 사서 써야겠네요."

"그렇지."

"집도 자기가 책임지고 관리할 수 있는 크기의 집에서만 살아야 하고."

(1권, p.191~192)

완벽한 복지와 경제제도가 형성된 사회라고 말할 수도 있겠지만 이 속에도 맹점(盲點)은 있다. 바로 정치이다.《양말 줍는 소년》은 결국 올바른 통치 구조란 무엇인가에 관한 환상적 이야기다. 판타지를 추구하는 인간의 내재적 속성에는 이미 오래 전부터 현실에서 잃어버린 공동체의 결속감과 신화적 질서에의 요구를 충족시켜[18] 주는 기능이 있었다. 집단을 형성하며 살아가는 인간들에게 '사회적 질서'는 반드시 필요하다. 그래서 제도를 만들었고 그것을 집행하는 집단이 높은 권력을 유지하게 되었다. 하지만 제도가 완벽하게 지켜지는 사회는 없다. 인간의 삶과 집단의 유지 속에서 제도는 어느 정도 어길 수밖에 없는 존재이다. 이 '정도(程度)'의 차이에서 '혼란'이 발생한다. 작품 속에서 혼란은 '반분리주의자'와 '무질서'의 존재로 대변된다.

일곱 번째 수거함은 짙은 회색의 통로벽을 빠져나오자 바로 보였다. 수거함 자체는 다른 것과 별로 다를 것 없었다. 내가 약간 달랐다고 느낀 것은 주변 분위기였다.

그곳은 내가 환상의 나라에서 본 어떤 풍경과도 분위기가 다른, 건조하고 삭막한 곳이었다. 어두운 하늘에 건조한 벽들. 건물은 모두 회색이었고, 거리엔 사람도 보이지 않았다. 흙도 더 차가운 것 같고 공기도 더 탁한 것 같았다. 나는 분위기만으로 겁을 집어 먹었다.

"여기는 분위기가 왜 이래요? 우범 지역이라도 돼요?"

"여기는 반분리주의자들이 많이 사는 곳이야. 우리 같은 양말 수거

---

18) 박진 · 김행숙, 앞의 책, p.74.

일 하는 사람들이 오래 머물면 위험한데, 그래도 나쁜 일은 일어나지 않을 거야. 요즘은 평화로우니까."

그는 진지하게 덧붙였다.

"하지만 만약 이 근처에서 누가 너를 위협하거나 그러면 일단 도망쳐."

나는 완벽하게 겁을 먹었다. 반분리주의자라니, 이름부터 무섭잖아. 테러리스트 비슷한 건가. 나는 아무 말 없이 통에서 양말을 꺼냈고(양말도 별로 없었다.) 하균 씨를 따라 얼른 통로벽을 통해 사무실로 돌아왔다.

(1권, p.85)

나영 씨가 잔잔한 호수에 돌을 던졌다.

"설마 무질서가 나타난 건 아니겠죠?"

우울했던 사무실 분위기가 긴장된 분위기로 돌변했다. 나영 씨는 들고 있던 양말을 탁자에 던지듯 내려놓았다.

"다들 그 이야기가 하고 싶지만 차마 꺼내지 못하는 거 알아요. 무질서 때문에 이런 거 아니에요? 무질서가 나타나서 도시 분위기가 이렇게 된 거 아니냐고요."

"그렇게 단정할 수만은 없지."

하균 씨가 말했다. 하지만 나영 씨는 고개를 흔들었다.

"아뇨, 분명히 무질서가 나타났어요. 비밀 요원이 한 명 죽었다는 소문이 벌써 쫙 깔렸다고요."

"균열에 문제가 생긴 걸까……."

도연 씨가 말했다. 뿔테 안경 너머의 눈동자가 약간 씩 떨렸다. 영애 씨도 덧붙였다.

"그렇게밖에 볼 수 없을 것 같아. 균열이 커지면서 무질서가 튀어 나왔고, 그래서 비밀 요원들이 움직이고 있고, 그렇게 설명하면 모든 게 다 들어맞잖아."

"왜 균열이 커졌을까?"

실장님이 중얼거리자 나영 씨는 말했다.

"여러가지 가능성이 있죠. 바깥세상 사람이 허가 없이 들어왔다거나……."

(1권, p.155)

'반분리주의자'가 있다는 것은 이 환상의 세계가 원래는 체계나 이념 혹은 지리적 위치가 한 덩어리였다는 것을 반증한다. 한 덩어리였던 세계가 어떠한 힘에 의해서 나뉘어졌고 대다수의 사람들은 그 분리에 동조했지만 분리에 반대하며 새로운 집단과 조직을 구축했을 것이란 추측이 가능해진다. 새롭게 조직화된 세력은 '분리주의자'로 이루어진 지배 세력에 저항하고 지배 세력은 이 저항 세력을 추적하고 섬멸하려고 애쓰고 있는 것이다. 이런 일련의 수순은 환상 세계에서 일어날 만한 일이 아니다. 지배 세력과 저항 세력의 대립은 현실 세상의 어느 곳이나 있다. 이런 대립이 없이 유지되는 나라나 조직은 없다. 물론 실행 방법의 차이는 있지만 역사적으로 대립 없이 발전하는 민족이나 국가는 없었다. 아담 스미스가 국부론에서 말했듯 이기심은 세상을 발전시키는 가장 원초적인 원동력이 된다. 집단의 이기심이 전쟁을 부르기도 하지만 대부분의 경우 이기심으로 인한 대립은 대화의 장을 열어준다. 반목하는 두 집단은 만나서 서로의 의견을 개진하고 절충된 타협안을 만들어낸다. 세상은 결국 그 타협안의 원칙으로 이끌려 가는 것이다.

《양말 줍는 소년》속 환상 세계에 암암리에 활동하고 테러를 자행하는 '반분리주의자'가 존재한다는 것은 이 세계의 지배 세력과 저항 세력이 아직 협상의 테이블에 앉지 못했다는 점을 바탕에 깔고 있는 것이다. 그 속에서 세상은 균열이 발생하게 되었고 '무질서'라는 어두운 존재까지 평화를 위협하는 것이다. 한 가지 주목해야 하는 점은 환상 세계의 '균열과 무질서'가 결코 반분리주의자들에 의해 만들어지는 것은 아니라는 점이다. 그것은 '저절로' 만들어진다. 말하자면 그 암적인 존재가 '자연적(自然的)'인 존재라는 것이다. 여기서 말하는 자연(自然)은 명사로서의 자연이 아니라 하나의 구(句)로 해석함이 옳다. 말 그대로 '스스로 그런 것'이다. 자연은 세상을 유지하는 거대한 법칙이다. 해가 뜨고 지고, 달이 차고 기울고, 물은 흘러 바다에 고이고, 계절은 바뀌고, 만물의 생성과 소멸이 반복되면서 세상은 유지된다.

다시 《양말 줍는 소년》의 '균열'과 '무질서'로 돌아가 보자. 하나였던 세상이 분리(分離)되었고 분리되었다면 그 속에 균열이 발생하는 것은 당연한 귀결이다. 또한 분리에 반대하는 집단이 생겨났다면 그 세상에 질서는 올바로 유지될 수 없다. 작품 속에서 균열과 무질서는 하나의 물리적 존재로 등장한다. 균열은 일종의 지역(나라)이며 무질서는 검은색의 유동체로 표현된다.

  균열에 대해 더 자세히 설명해야 할 것 같다. 축구경기장만한 한 구멍인데 안에서는 검고 회색으로 된 무언가가 마구 뒤엉켜 꿈틀거린다. 그것이 환상의 나라 옆의 서쪽 숲나라 한가운데에 자리 잡은 채, 계속해서 세계를 빨아들이려고 한다. 존재하는 모든 건 그것에 저항하고.

  가끔 소용돌이에서 작은, 혹은 약간 큰 돌멩이 같은 것이 튀어나와 땅에 떨어졌다. 덩어리는 꿈틀대며 움직이면서 주변의 풀들을 투명하게 만들었다가 땅으로 스며들었다. 그러면 맥없이 사라졌던 풀들은 다시 형태를 찾곤 했다.

  내가 본 두 번의 무질서를 생각했다. 그것들은 거대했고 지능을 가진 것 같았고 검고 더럽고 뜨겁고 끔찍했다. 여기의 회색의 젤리 덩어리 같은 것과는 분위기가 달랐다. 하지만 움직임은 비슷했다. 거대한 뭉텅이가 미끌미끌 움직이는 모습이나 주변을 삼킬 듯이 움직이는 모습은. 생명을 빨아들이고 소화하는 모습은.

  저것이 커지면 내가 만났던 그 무질서처럼 되나 보다.

  갑자기 무질서에게 소화될 뻔한 때의 공포가 돌아왔다. 나는 천천히 뒷걸음질을 쳤다.

(2권, p.264~265)

사실 작품 속 환상의 세계는 원래 존재했던 '자연적' 존재가 아니다. 아주 오래 전 한 인물에 의해 만들어진 것이다. 말하자면 '인위(人爲)적' 존재다. 원래의 자연인 현실에서 창조된 환상의 세계는 시공(時空)의 균열을 가져왔다. 그에 더하여 환상 세계는 인위에 의하여 분리되고 말았다. 인위적 세상에 거대한 균열이 발생한 것은 당연한 결과일지도 모른다. 균열로부터 시작되는 무질서의 존재는 드디어 세상을 위협하기에 이르렀고 그것의 방어를 위해 다시 인위적인 도구들이 희생이라는 명목 하에 이용된다. 앞서 언급했지만 《양말 줍는 소년》은 환상 세계에서 벌어지는 황당한 치국(治國)의 이야기가 아니다. 이야기 속의 인물과 사물, 상황은 상징으로 읽혀야 한다.

자, 그렇다면 다음 절에서 작품 속 환상 세계를 비추고 있는 등대 존재를 통해 이 작품에서 읽어내야 할 상징을 완성하도록 해보자.

등대:(燈臺) ① 밤에 뱃길의 위험한 곳을 비추거나, 목표로 삼게 하기 위해 등불을 켜놓는 대. ② '나아가야 할 길을 밝혀 줌'의 비유.

《양말 줍는 소년》 속 환상 세계는 총 일곱 개의 국가로 이루어져 있다.

1. 세계의 중심

2. 환상의 나라

3. 새로운 나라

4. 행복의 나라

5. 죽음의 나라

6. 서쪽 숲나라

7. 균열

이름에서도 알 수 있듯이 2~6은 제각각의 집단적 특징을 지닌 국가이다. 이들은 저마다 분리되어 통치되고 있으며 제도와 문물이 서로 상이하다. 왕정으로 통치되는 국가가 있고 공화제로 이루어진 국가도 있다. 작품의 주요 무대가 되는 곳은 환상의 나라이며 그 환상의 나라 한가운데 세계의 중심이 있고 다시 그 중심에 등대가 있다.

이제 등대에 대해서 설명할 때가 온 것 같다. 등대라고 해서 정말 등대가 아니다. 그건 상징적인 뜻의 등대지, 실제로는 정말 건물조차 아니다.

등대는 언뜻 보면 빛나는 원추형의 탑처럼 보인다. 맨 위에는 밝게 빛나는 빛으로 된 점이 있고, 그 밑은 원추형의 흰 기둥이 받치고 있는 것처럼 보인다. 하지만 등대는 건물이 아니고, 흰 기둥도 실제로 존재하는 건 아니다. 실제로 존재하는 건 밝은 점이다. 그 밑으로는 그 점에 작용하는 힘 때문에 빛나는 흰 기둥이 있는 것처럼 보이는데, 그건 착시 현상이고 실제로 그곳에는 아무것도 없다.

그 밝은 점은 이 환상 나라의 중심이다. 그래서 모두들 그것을 등대라고 부른다.

도시의 구조는 이렇다. 등대가 있고, 등대를 둘러싼 들판이 있고, 들판을 둘러싼 만리장성 같은 긴 벽이 있다. 그리고 벽에서부터 도시가 시작된다. 그러니까 도시는 등대를 둘러싸고 펼쳐져 있다.

우리가 서 있는 곳은 등대를 둘러싼 긴 벽 바로 앞이었다. 우리는 그 벽을 넘어 등대 근처에 있는 정의의 탑으로 가려는 것이다.

(1권, p.197~198)

작품 속에 묘사된 세상의 중심과 등대는 '바티칸시티'의 모습과 흡사하다. 도시 가운데 자리 잡고 있는 작은 국가이면서 누구도 함부로 근접할 수 없는 작은 권위의 성역(聖域)이 바로 '세상의 중심'과 그 중심에서 전 환상 세계를 비추고 있는 등대이다.

작품을 이끌어가는 가장 중요한 몇 가지 담론은 1)작중화자인 '나'가 등대지기가 되기 위해 노력하는 여정, 2) '나'의 부모의 신변에 관련된 비밀과 '나'와 '연두'의 향후 관계, 3) 환상 세계의 탄생 배경과 등대의 역할이다. 이 중에서 작가가 마지막까지 이야기의 배후를 남겨두는 것은 '등대'의 존재다. 작품은 등대가 약간은 황당한 모습으로 등장하면서 서서히 마무리된다.

작품 속에서 '나'는 매우 특이한 태생을 가진 인물이다. 아버지는 현실에서 무능한 직장인이었지만 환상 세계에서는 대혁명가였다. 한편 어머니 역시 현실에서는 게으른 아줌마였지만 환상 세계에서는 사라진 왕국의 마지막 공주였다. '나'는 혼란에 빠진 환상 세계의 새로운 지도자가 되어야 하는 운명을 가진 것이다. '나'는 환상 세계의 여러 가지 모습을 경험하는 여정 속에 그 운명을 서서히 깨닫게 된다. 그래서 '나'는 환상 세계가 생각보다 훨씬 고달픈 곳이라는 것을 깨닫고도 현실로 돌아가지 못한다.

그렇다면 환상 세계는 왜 혼란에 빠지게 되었는가. 바로 등대 때문이다. 표면적으로 볼 때 환상 세계는 평화롭다. 하지만 그 이면에는 세계에 대한 불만과 저항이 꿈틀거리고 있다. 오랜 시간동안 환상 세계는 고정된 권력 속에서 이어져 왔다. 고정된 권력이란, 바로 등대를 말한다. 절대적이며 사라지지 않는 권력 앞에 세상은 법칙과 원칙에 따라 유지되는 것처럼 보였지만 실상은 그것이 아니었다. 그 속에는 희생과 침묵 그리고 아물지 않은 상처가 위태롭게 남아 있었다. 어느 틈엔가 세상은 변화를 바랐고 그 변화의 중심에 평범하지 않은 운명을 지닌 '나'가 서 있게 되는 것이다.

등대 때문에 세상이 혼란해진 것은 분명한 사실이지만 등대의 역할이 반드시 부정적인 것은 아니다. 그는 오래 전 환상 세계를 재편했고 그로인해 전쟁과 살육과 타락으로 병들어 있던 환상 세계는 겨우 자리를 잡을 수 있었다. 그는 모두가 행복한 세계를 꿈꿨고 발전된 자신의 능력으로 세계의 구도를 완전히 바꿔 놓았다. 전쟁은 멈췄고 사람들은 그의 능력으로 재편된 세상을 살아가게 되었다. 하지만 그것이 전부가 아니었다. 그를 반대하는 집단이 생겨나게 되었고 그가 다시 만든 세상에도 균열이 발생했으며 위험한 사건이 번번이 벌어졌다. 대부분 사람들은 그의 엄청난 능력과 절대적 권력 앞에 저항의 깃발을 높이지 못했지만 그를 비난했다. 그래서 그는 세상의 중심에 벽을 치고 그 중심 안으로 잠적해 버렸다. 세상과의 교류는 오직 '등대지기'를 통해서만 가능하게 했다. 환상 세계에서 고립된 권력자를 세상과 만나게 해야 하는 등대지기의 역할은 그만큼 중요한 것이었다. 이것은 정경(政經)의 문제가 아니라 존재(存在)의 문제였다.

최초의 등대지기는 '자유'라는 이름의 소년이었다. 그는 세계의 평화를 위해 부단히 노력했다. 하지만 세상을 이루고 있는 분리와 반분리의 두 축은 소년의 뜻을 따라주지 않았다. 결국 '자유'라는 이름의 등대지기는 사라진 왕국의 공주와 결혼하여 환상의 세계를 떠났다. 그리고 평범한 현실 세계의 직장인이 되어 자식을 낳고 살게 되었다. 그렇게 수년의 세월이 흘렀다. 환상 세계와는 더 이상 아무런 끈을 맺지 않고 살았지만 운명은 그렇지 않았다.

현재(나) : 등대랑 아빠랑 무슨 일을 했어요?

등대 : 우리가 한 일? 음……, 재현이가 환상의 나라로 왔을 때가 아마 지금 네 나이 때였을걸. 내가 등대가 되고 나서 환상 세계를 내 뜻대로 재편하는 데 많은 도움을 줬지. 나는 하늘과 땅을 완전하게 하고, 나라의 이름을 바꾸고, 가난한 나라와 믿음의 나라를 합쳐서 행복의 나라로 하고, 슬픔의 나라를 새로운 나라로 만들어 대륙에서 분리시키고, 마법의 힘을 마법사들뿐이 아닌 보통 사람들에게도 나눠주고, 환상 세계와 바깥세상의 교류도 시작하고…… 물질의 나라를 없애고 환상의 나라를 새로 건설했지.

나는 많은 걸 바꿨어. 그걸 사람들이 좋아할 줄 알았는데 꼭 그렇지도 않았어. 특히 새로운 나라를 대륙에서 분리할 때 그랬어.

…〈중략〉…

그때부터 내 바보짓이 시작됐어.

환상 세계와 바깥세상의 교류가 시작되면서 시간이 약간씩 맞지 않는 틈으로 '경계'에서 '무'가 흘러들어와 '무질서'가 됐는데, 그것들을 돌려보낼 수가 없어서 바다 멀리 모아 뒀어. 그걸 물질의 나라로 보냈지. 그래서 그곳이 '균열'이 됐고…….

결국 물질의 나라 사람들은 환상의 나라로 옮겨왔고 내 뜻대로 됐지만, 아무것도 예전 같지 않았어. 그렇게 내가 화가 나서 나 자신을 통제하지 못하니까 재현이가 나섰어. 그래서 등대지기라는 위치가 생긴 거야. 재현이는 나랑 사람들을 화해시키려고 무던히 애를 썼는데 결국은 그렇게 안 됐어. 내 성격이 보통 나빴어야지. 사람들도 나를 이해하질 않았고. 재현이는 환상의 나라를 지금의 모습으로 재건하고 발전소를 만들고 양말 관리국을 만들고 비밀 요원을 만들고 정말 많은 일을 했지만…… 결국 화해를 하진 못했지.

…〈중략〉…

그 후로 세상은 변하지 않고 마냥 시간만 흘러가다가…… 네가 이곳으로 들어오고 등대지기가 된다고 하면서부터 변하기 시작했어. 앞으로 많은 게 변하겠지? 많이 달라질 거야. 나랑 재현이가 하지 못했던 걸 같이 할 수 있을 거야. 네가 그 힘든 과정을 이겨내고 여기까지 온 건 칭찬받을 일이야. 눈물을 너에게 준 것도 그 때문이야. 반분리주의자 다섯 명에게 그런 일을 당하고서도 나처럼 무작정 화만 내지 않고 차분하게 판단하는 게 대단해서 눈물을 너에게 준 거야. 너참 대단하다.

(3권, p.300~303)

앞서 《양말 줍는 소년》이 올바른 치국에 관한 이야기라고 언급한 적이 있다. 우리는 이 작품을 통해 뛰어난 능력과 절대적인 권력만이 국가와 세상을 다스리는 최선의 도구인가하는 문제에 의문을 제기해 볼 수 있다. 작품 속에서 '나'는 수많은 사건을 돌고 돌아 등대지기가 된다. 그리고 등대를 만난다. 국민과 권력, 저항과 지배 사이의 매개자가 된 '나'는 그에게 아주 중요한 통치의 방법 하나를 말하게 된다. 새로운 매개자는 등대에게 능력과 권위를 버리라고 말한다. 그리고 자신의 능력을 발휘하기 위해 희생된 모든 사람의 손을 잡아주고, 등대를 둘러싼 높은 벽에서 나와 사람들의 틈으로 돌아가기를 원한다. 혼자 발휘하는 능력이 아닌 사람들의 손을 잡고 함께하는 협력과 명령이 아닌 부탁과 토론으로 세상을 이끌어가기를 원한다. 그런 소탈하고 쉬운 방법 속에 균열은 메워지고 무질서는 획일적인 질서가 아닌 '자율'로 바뀌어 세상을 바로잡아 갈 것이라고 말한다. 그리고 새로운 등대지기는 그 간언(諫言)이 자신의 모든 소임임을 깨닫고 다시 새로운 등대지기를 임명하기에 이른다. 그는 바로 오래 전 자신의 꿈을 다 이루지 못하고 환상 세계를 떠났던 소년 '자유'다.

환상 세계의 여행자를 위한 가이드북과 지도

'두 권'의 책에 관하여

현실 세계에서 환상 세계로 진입한 사람들은 반드시 읽어야 할 두 권의 책이 있다. 하나는 《환상 나라 가이드북》이고 다른 하나는 《세상의 모든 마법을 너에게》이다. 《세상의 모든 마법을 너에게》는 현재의 환상 세계가 탄생하게 된 배경에 관한 이야기다. 등대 이전의 환상 세계와 등대가 환상 세계로 들어와 자신의 능력을 발휘하게 된 배경과 그 후의 사정에 관해 기술한 일종의 역사서다. 이 책은 마법에 걸려 있어 책에 관심을 가진 사람만이 완독할 수 있다. 완독을 하면 저절로 '환상의 나라 시민'이 될 자격이 주어진다.

작품 속에서 이 책은 환상 세계의 역사에 관한 담론을 이끌어가기 위한 중요한 서사적 도구이다. 작중화자인 '나'는 이 책의 내용을 하나하나 이해해 가면서 환상 세계에 숨겨진 비밀들을 깨우친다. 말하자면 앞서 언급한 바 있는 작품을 이끌어가는 가장 중요한 몇 가지 담론에서 (1)작중화자인 '나'가 등대지기가 되기 위해 노력하는 여정, 2) '나'의 부모의 신변에 관련된 비밀과 '나'와 '연두'의 향후 관계, 3) 환상 세계의 탄생 배경과 등대의 역할) '나'의 부모의 신변에 관련된 비밀과 환상 세계의 탄생 배경 및 등대에 관한 이야기를 끌어내는 중요한 구실인 셈이다. 작품 속에서 드러난 이 책의 내용은 앞서 살펴본 몇 가지 상징의 분석에서 다루었으니 이 절에서는 생략하기로 하겠다.

'나'의 손에 주어진 다른 책, 즉 《환상 나라 가이드북》은 말 그대로 새로운 세계를 살아가야 할 이주자를 위한 지침서이다. 물론 이 책도 서사를 위한 장치이다. 말하자면 작중화자인 '나'가 등대지기가 되기 위해 환상 세계에 적응하고 여러 가지 경험을 하는 가운데 이 책에 적힌 지침들을 파악해 나간다. 그 책은 〈환상의 나라에 처음 도착해서 저지르기 쉬운 열 가지 실수들〉로 시작된다. 현실 세계의 사람들이 보기에 생소하기 그지없는 이 내용들의 이유를 작품 속 지문을 통해 하나하나 살펴보도록 하자.

1. 계산기 없이 나이를 묻지 말 것

"그런데 너는 나이가 몇이야?"

"열여섯이요."

"열여섯? 바깥세상 나이로?"

"바깥세상 나이요?"

"모르는구나, 이쪽 나이와 그쪽 나이는 계산이 달라. 그럼 여기 나이로는…… 1.56을 곱하면…… 스물넷. 그래서 갑자기 일을 하게 됐구나."

하균 씨는 이곳 시간과 바깥세상의 시간이 다르게 흐르기 때문에 바깥세상 나이에 1.56을 곱한다고 말했다. 그래서 어제 여기서 두 시간을 있었는데 집에 돌아가 보니 한 시간밖에 안 지나갔던 것이다.

그래서 나는 스물넷이었다. 그것만으로도 충분히 놀라웠는데, 내가 스물넷이라는 사실이 이곳에서 뜻하는 의미를 듣고는 많이 당황했다.

(1권, p.78)

2. 시계를 폼으로 차고 다니지 말 것

"이 번호를 잘 기억해. 301087. 이게 첫 번째 수거함이 있는 벽 번호야."

그는 똑똑똑, 벽을 세 번 두들겼고 우리는 벽을 통과했다.

그러니까 하균 씨는 주문을 말하지도 않았다. 그런데 벽은 노크만으로 열려서 다른 곳으로 우리를 안내했다.

"주문은 안 말해도 돼요?"

"주문?"

"'당신을 환상의 나라로 초대합니다.' 같은 주문요."

"그건 바깥세상에서 올 때만 쓰는 주문이지. 환상의 나라 안에서 이동할 때는 노크만 세 번 하면 돼."

나중에 주문 체계에 대해서 알게 됐는데, 그 노크 안에 다른 벽으로 이동하게 해 달라는 주문이 생략돼 있었다. 자주 사용하는 명령은 압축하고 생략하는 컴퓨터 프로그램 명령어 비슷하게 말이다.

우리가 빠져나온 곳은 건물과 건물 사이의 뒷골목이 만나는 공터였다. 풀이 가득한 외진 곳이었다. 내가 핸드폰에 벽 번호를 저장하는 모습을 하균 씨는 물끄러미 보았다.

"시계 없어? 시계에다 적어두면 편한데."

하균 씨는 손목시계를 보여 주었다. 그건 시계가 아니었다. 시계처럼 생겼고 그 물건을 가리키는 단어도 '시계'였지만 시간을 알려 주진 않았다. 시계에는 톱니가 여러 개 달려 있었고, 그 톱니로 통로벽의 번호판처럼 숫자를 돌려 숫자를 적어 둘 수 있었다.

"이건 싸구려라 스무 개밖에 저장이 안 돼."

환상의 나라에는 어디에도 시계는 없었다. 시계는 시간을 말해 주는 것이 아니라 번호를 저장하는 물건이다. 시간을 말해 주는 건 시계가 아니라 자벌레다. 자벌레로 시간 보는 방법은 꽤 까다롭기 때문에 나는 애를 많이 먹었다.

그리고 톱니가 달린 시계로 알 수 있듯, 환상의 나라에는 디지털 기계도 없었다. 컴퓨터도 없고 인터넷도 없었다. 그 이야기도 나중에 더 자세히 하자. (1권, p.80~81)

3. 완성되지 않은 소화전을 발로 차지 말 것

"즉 모든 건물이 사실은 크게 자라난 나무라는 걸 알면 된다."

"네? 뭐요?"

나는 깜짝 놀라서 물었다.

"이런, 설명 안 듣고 뭐 했냐. 환상의 나라의 모든 건물은 커다란 나무라는 걸 알면 된다는 거다."

나무? 이 건물이 나무? 나는 벽을 가리키며 물었다.

"저게 나무라고요?"

"그래. 나무다."

"그러니까 나무로 건물을 만들었다고요?"

"아니, 건물이 나무라고. 하나의 건물이 하나의 커다란 나무야. 살아 있는."

"…… 예?"

한번 생각한 적이 있다. 이곳에서는 무엇으로 건물을 지을까. 이곳은 디지털 기계도 없고 플라스틱도 없다. 시멘트는 있을까? 콘크리트는? 그런 걸 만든다는 이야기를 들은 적도 없고, 결정적으로 공사 중인 건물을 본 적이 없었다. 그게 이상하다는 생각이 들 때가 있었다.

하지만 그 뒤에 이렇게 엄청난 비밀이 숨어 있다니.

"건물은 모두 나무지. 건물 모양으로 자라나도록 마법이 걸린 나무란다. 이 도시는 도시가 아니라 숲이지. 등대의 힘을 받아 자라나는 거대한 숲."

…〈중략〉…

"이 건물이 나무라면, 뿌리도 있나요?"

"당연히 있지. 도시의 밑은 나무뿌리로 연결돼 있단다. 그 뿌리들은 많은 수가 비어 있는데, 그 관을 통해서 전기와 물과 우편물과 쓰레기를 수송하지."

원리를 들으면 들을수록 놀라웠다.

"소화전도 비슷한 원리야. 만드는 게 아니라 기르는 거지. 소화전이 될 씨를 심고 물을 줘야 한다. 물을 아주 많이 줘야 하지. 왜냐하면……."

"소화전엔 물이 많이 저장돼 있으니까요?"

"이해가 빠르구나. 나중에 물을 꺼내 써야 하니까 물을 많이 줘야 하는 거야. 그건 결코 쉬운 일이 아니지. 물을 많이 갖고 있으면서도 겉은 단단한 소화전으로 기르는 일은 아주 까다롭거든. 그건 우체통을 기르는 것이나 수도꼭지를 기르는 것과도 차원이 달라. 그래서 소화전은 아무나 기를 수 없지. 내가 소화전을 기를 때는 내 솜씨가 얼마나 좋았냐면 나라에서 주는 메달을 받았을 정도였는데, 그 소화전은……."

또 말이 한도 끝도 없이 길어질 것 같아 나는 얼른 말을 잘랐다.

"그래서 완성되지 않은 소화전을 발로 차면 안 되는군요."

(1권, p.241~242)

4. 맨홀을 그리는 사람을 바라보지 말 것

"땅 밑이 뿌리로 가득 차 있다면, 땅을 함부로 파면 안 되겠네요."

"도시에서 땅을 파는 건 불법이야. 우체통이나 수도꼭지가 연결된 나무뿌리를 건드리면 정말 큰일 나니까. 우체통이나 수도꼭지 같은 건 소화전과 달리 나무뿌리와 연결돼 있으니까, 위치를 잘 찾아서 길러야 한다. 그래야 땅 속의 나무뿌리와 연결되지. 소화전과는 정반대로 어렵지. 소화전은 되도록 나무뿌리가 없는 곳에서 길러야 하지만 우체통이나 쓰레기통은 정반대로 나무뿌리 관이 땅을 향해 오도록 잘 유지해야 하지. 우체통도 어렵고 수도꼭지도 까다롭지만 역시 가장 어려운 건……"

"맨홀이군요."

"역시 이해가 빠르구나. 맨홀을 만드는 건 세상에서 가장 어려운 마법 중 하나거든. 그러니 맨홀 그리는 사람을 절대로 쳐다봐선 안 된다. 며칠 동안의 노력이 다 수포로 돌아갈 수도 있으니까."

그렇게 창밖의 세상은 전혀 다른 의미로 나에게 다가왔다. 세상은 내가 알던 것과 완전히 달라지면서, 보던 것과도 완전히 달라진 것이다. (1권, p.243)

5. 허락 없이 마법을 사용하지 말 것

(5번에 관한 내용은 작품의 초반부 '나'가 여자 친구인 연두를 허락 없이 환상의 세계로 데리고 간 후 벌어진 사건들에 잘 나타나 있다.)

6. 화분에 물 주는 걸 잊지 말 것

"화단에 물 줬어?"

하균 씨가 사무실로 뛰어 들어와서는 소리를 지르는 통에 나는 깜짝 놀랐다.

"화단에…… 물 ……요?"

아차, 싶었다. 다른 생각 하느라 정신없어서 화단 돌보는 걸 깜박했구나!

"어떻게 됐는데요? 말라 죽었나요?"

"불타 죽었지."

불타 죽어? 나와 나영 씨는 화단으로 나갔다. 하균 씨 말대로 화단이 전부 불타 있었다.

불에 탄 꽃가지들이 맥없이 흔들리는 모습을 본 기분을 어떻게 설명해야 할지 모르겠다. 물 몇 번 안 줬다고 대관절 불에는 왜 탔단 말이냐?

"학생이 잘 모르는구나. 화분엔 물을 안 주면 안 돼. 화분의 식물은 온도를 조절하잖아. 외부 온도에 따라 계속 온도가 변한단 말이야. 그런데 물을 제때 안 주면 그 기능이 제대로 발휘가 안 돼서 불에 타거나 얼어 죽어."

하균 씨가 말했다. (2권, p.127~128)

7.《세상의 모든 마법을 너에게》를 끝까지 읽을 것

(본 절의 도입부를 참고 할 것.)

8. 쓰레기통에 쓰레기를 꽉 찰 때까지 쑤셔 넣지 말 것

"혹시 건물 옆에 있는 쓰레기통에 쓰레기 비렸어?"

하균 씨가 사무실로 달려 들어와서는 물었다. 쓰레기라면…… 지난 금요일에 화단의 불탄 꽃들을 쓰레기통에 버리긴 했다. 하지만 다 버린 건 아니고…….

"다 버리진 않고 쓰레기통이 꽉 찼기에 옆에 쌓아 뒀는데요. 그것도 금요일에 그랬는데, 오늘은 안 버렸어요."

"맞지? 학생이 버린 건 아니지?"

나는 하균 씨를 따라 건물 옆의 쓰레기통으로 갔다. 쓰레기통 입구에서 쓰레기가 마구 쏟아져 나오는 중이었다. 하수도 역류하는 것과 비슷하게 말이다. 대부분의 쓰레기에 풀이 나 있어서, 꼭 풀 더미가 땅에서 쏟아져 나오는 걸 보는 느낌이었다. 쓰레기든 풀 더미든 뭔가가 쿨럭쿨럭 쏟아져 나오는 모습은 절대로 보기 좋지 않았다.

"쓰레기통이 체했나 봐."

하균 씨는 설명했다. 쓰레기통 밑도 우체통처럼 나무 관으로 연결돼 있어서 그 관을 통해 쓰레기를 처리 시설로 보내는데, 너무 무리해서 집어넣으면 쓰레기통이 쓰레기를 내려 보내지 못해 토해 낸다고 했다. (2권, p.141~142)

9. 우산을 가지고 다니지 말 것

"비는 밤에만 와. 사람들이 활동할 때 오면 옷이 젖고 불편하잖아. 그래서 편의를 위해서 새벽에만 와. 기린이 미리 구름을 모아뒀다가 필요할 때쯤에만 비가 오도록 만들지. 그래서 우산은 갖고 다니지 않아. 갖고 다닐 필요가 없으니까. 보통 우산은 다른 용도로 쓰지. 십계명에도 있잖아. 우산을 가지고 다니지 말 것." (2권, p.128)

10. 외모가 특이한 사람을 낯설게 생각하지 말 것.

"죽기 1년 전부터 머리 위에 고리가 나타나요. 그래서 고리가 보이기 시작하면 당사자나 주위 사람들은 미리 마음의 준비를 해 두죠. 그때부터 모든 세금이 면제되고 나라에서 연금도 나오거든요. 그걸로 1년 동안은 경제적으로 어렵지 않게 살 수 있어요. 그동안 오랫동안 못 본 사람을 만나기도 하고, 사이가 안 좋았던 사람과 화해를 하기도 하고, 여행을 하기도 해요. 그렇게 죽음을 준비하는 거죠."

그래서 할아버지가 연금 주러 온 사람이냐고 물었던 거구나……. 하지만 할아버지는 전혀 풍족해 보이지 않던데.

"그러면 그 할아버지도 얼마 안 남으신 거네?"

"집이 풀로 가득 차 있다고 했죠? 청소도 안 하고 있는 걸 보면 아마 길어야 한 달 남으셨을 거예요……"

자기가 죽을 날을 1년 전부터 알게 된다니, 다행스럽다는 생각이 들면서도 무서운 생각 역시 들었다. 어느 날 아침 일어나 세수를 하는데 머리 위에 고리가 떠 있는 걸 본다면 얼마나 소름끼칠까? 나한테도 그런 일이 일어날 수 있다.

"오빠는 아직 살 날이 많이 남았잖아요 무슨 걱정이에요."

"사고로 죽을 수도 있잖아."

나영 씨는 고개를 저었다.

"여기서는 사고로 죽는 사람이 없어요. 자살은 있어요. 자살하는 사람에겐 고리가 나타나지 않아요. 하지만 사고사는 없어요. 등대가 그걸 허락하지 않아요."

등대는 사람이 죽고 사는 것도 결정하는구나. (1권, p.228)

그걸 생각하며 큰 길을 무심코 돌아보던 나는 깜짝 놀랐다. 키는 2미터도 넘어 보이고 이마에는 눈이 하나만 박힌 사람이 지나갔던 것이다. 그러려던 건 아니었는데 눈을 뗄 수가 없었다. 놀라운 일은 그것뿐만이 아니었다. 긴 귀에 흰 피부를 하고 주황색 눈동자를 한 남자와 여자들이 걸어가는 걸 본 것이다. 특이한 외모의 사람은 계속 등장했다. 키는 작은데 팔이 땅에 닿을 듯 긴 사람도 있었고, 어떤 사람은 사람인지 동물인지 구분하기 힘든 기괴한 모양을 하고 있었다.

나는 당황했지만 대변인님은 전혀 그렇지가 않아 보였다. 나에게 이렇게 묻기까지 했다.

"여기 참 활기차지 않니? 나는 여기가 좋더라."

활기찬 건 사실이었다. 많은 사람들이 바쁘게 움직인다는 뜻의 활기찬 분위기라면 정말 그랬으니까.

"저기, 제가 잘 몰라서 그러는데요. 저 다르게 생긴 사람들이 혹시……."

"새로운 나라 사람들이야. 그 나라 사람들은 우리랑 좀 다르게 생겼어. 무서워?"

"그건 아니고요. 그냥 약간 놀라서……." (2권, p.262)

환상 세계 지도 제작의 실제

아쉽게도 《양말 줍는 소년》의 작가는 작품 속에 환상 세계의 지도를 글로만 묘사했다. 작품 내에 도식화된 지도가 있었다면 독자의 입장에서는 훨씬 편리한 이해가 가능했겠지만 다른 측면에서 이해할 때 글 속에 드러난 여러 단서들을 종합하고 추리하여 하나의 지도를 만들어 보는 것도 꽤나 재미있는 독서의 방법이라고 할 것이다. 본 절에서는 작품 속 여러 내용을 바탕으로 하여 환상 세계의 지도를 제작해 보고자 한다. 우선 작품 속에서 드러난 환상 세계 국가 배치는 다음과 같다.

환상 세계는 커다란 대륙 하나와 커다란 섬 하나로 이뤄져 있는데, 대륙 한가운데에 등대가 있다.

등대 옆에는 정의의 탑이 있다.

등대와 정의의 탑 주변은 '세상의 중심'이라고 불리는 벌판이 둘러싸고 있다.

세상의 중심은 높은 벽으로 둘러싸여 있다. 일곱 번째 양말 수거함으로 갈 때 보이는 벽이 그 벽인 것 같다.

세상의 중심을 둘러싼 것이 환상의 나라였다.

낡은 양말 관리국은 등대와 가깝구나.

동물원은 낡은 양말 관리국보다 더 서쪽이다. 황금 동전 관리국은 동물원보다도 더 서쪽에 있고.

계산 기계는 등대의 북쪽이군. 하지만 세세의 중심과 가깝다.

환상의 나라의 남쪽에는 공장들이 있다. 무슨 공장일까. 나무에서 딴 고기 가공하는 공장들?

그리고 동쪽에는 서쪽 숲나라가…….

"뭐야? 동쪽에 있는데 왜 서쪽 숲나라야?"

웃기는 일이네. 이곳의 고유명사는 너무 성의 없다.

하균 씨의 집이나 반분리주의자 지역은 서쪽 숲나라 근처에 있다. 세상의 중심과 서쪽 숲나라의 사이에.

환상의 나라와 서쪽 숲나라의 경계선쯤에는 '처리장'이라는 곳이 있다. 무슨 일을 하는 곳일까.

서쪽 숲나라 가운데에 균열이 있다.

환상의 나라와 서쪽 숲나라의 주변엔…… 그것들을 모두 둘러싼 넓은 사막이 있다. 사막 이름이 죽음의 나라였다.

죽음의 나라는 환상의 나라를 둘러싸고, 환상 세계의 남쪽 대부분을 또한 차지하고 있었다.

남쪽 끝에 사막이 아닌 곳이 조그맣게 있었는데, 그곳의 이름이 '자유항구'였다! 정말 먼 곳에 갔다 온 거구나!

자유 항구에서 나와 바다를 건너면 커다란 섬이 있는데 그곳이 새로운 나라였다. 섬나라. 거기는 통로벽이 없다고 했지. 그래서 배를 타지 않으면 못 가는군.

환상의 나라를 둘러싼 사막 위쪽에는 행복의 나라가 있었다. 행복의 나라는 환상의 나라 두 배는 되어 보였다.

행복의 나라는 가운데에 굵은 경계선이 있고, 선을 중심으로 양쪽의 색이 다르게 칠해져 있었다. 동쪽은 초록색, 서쪽은 파란색. 왜 색이 다를까?

(3권, p.10~11)

※아래 그림들은 본문의 내용을 바탕으로 하여 독자들이 만든 환상 세계의 지도이다. 작품의 이해에 도움이 되기를 바란다.

그림 김명지

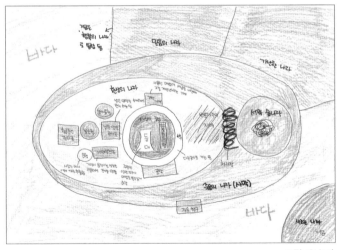

그림 오수미

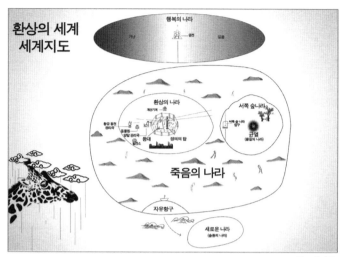

그림 이건곤

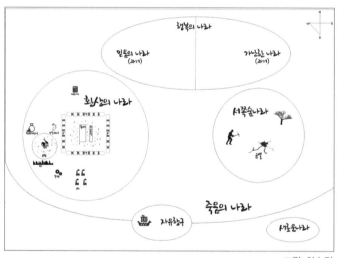

그림 최수진

◑ 작품 속에 등장하는 '대통령'이라는 인물이 상징하는 바에 관해 이야
기해보자. 특히 그가 꿈꾸는 올바른 세계관은 현실 세계의 어떤 정
치적 이념과 닮아 있는가에 관해 생각해보도록 하자.

◑ 등대가 '믿음의 나라'와 '가난한 나라'를 결국 '행복한 나라'로 강제
통합해 버린 이유에 대해 토론해 보자.

◑ 《양말 줍는 소년》의 환상 세계에 등장하는 기발한 제도나 사물에
관해 이야기해보고 우리가 사는 현실에 반드시 도입되었으면 좋을
대상을 성해 짧은 이야기를 만들어 보자.

세 걸음. 나를 만나다

- 소설로 읽는 심리학
- 가면 속의 정체성
- 영원한 판타지적 존재 '또 다른 나'

소설로 읽는 심리학

자아와 그림자에 관하여

옛날에 장주가 나비가 되었다. 그는 나비가 되어 펄펄 날아 다녔다. 자신은 유쾌하게 느꼈지만 자기가 장주임을 알지 못하였다. 갑자기 꿈을 깨니 엄연히 자신은 장주였다. 그러니 장주가 꿈에 나비가 되었던 것인지 나비가 꿈에 장주가 되어있는 것인지 알 수가 없었다. 장주와 나비에는 반드시 분별이 있을 것이다. 이러한 것을 물화(物化)라고 부른다.[19]

《장자》에 나오는 호접몽의 일부이다. 사람들은 누구나 꿈을 꾼다. 꿈은 크게 네 가지 의미로 해석이 가능하다. 그 네 가지에는 첫째로 잠자는 동안에 생시와 마찬가지로 여러 가지 사물을 보는 꿈(dream, 夢), 둘째로 실현시키고 싶은 바람이나 이상을 일컫는 꿈(desire, 欲求), 셋째는 공상적인 바람으로의 꿈(fantasy, 호想), 즐

19) 《장자》, 김학주 역, 을유문화사, 2009. p.87.

거운 환경에 젖어 각박한 현실을 잊는 행동에 따르는 꿈
(satisfaction, 滿足)이 있다. 꿈속에서 우리는 또 다른 '나'를 만난
다. 하지만 꿈속의 나는 만나는 대상이지 실제의 내가 아니다. 말
하자면 현실에서의 '나'는 나를 볼 수 없지만 꿈속의 '나'는 내가 보
는 대상이 된다. 엄밀히 말해 위의 호접몽 속 장주는 나비가 된 것
이 아니라 나비가 된 스스로를 장주가 보고 있는 상황이라 해야 옳
다. 내가 '나'를 만나는 상황, 내가 '나'의 행동을 타인의 시각인 냥
관찰하는 시간, 이런 기이한 이야기의 방법은 오래 전부터 판타지
의 좋은 소재거리가 되고 있다.

　미국 출신 소설가 척 팔라닉의 중편 《파이트 클럽》은 내가 '나'
를 보는 꿈같은 이야기를 무의식(無意識)과 환영(幻影)이라는 기
술로 엮어낸 수작이다. 출간 후 헐리웃의 거장 데이비드 핀처 감독
과 배우 브래드 피트에 의해 영화로도 만들어진 이 작품은 빠른 진
행 속도와 음침한 도시 뒷골목의 분위기, 독설, 풍자 그리고 기막
힌 반전으로 가득 차 있다.

　자동차 회사에서 리콜본부의 조사원으로 근무하고 있는 '나'는
지독한 불면증에 시달리는 인물이다. 회사와 상관, 시대와 국가를
향한 오만가지 불만으로 가득한 이 인물은 잦은 출장길에 비행기
추락으로 자신의 삶이 마감되기를 간절히 기도한다. 불면증과 우
울증으로 고통스러운 하루하루를 보내던 '나'는 주치의에게 약을
처방해달고 애원하지만 의사는 '진짜 고통을 느껴보고 싶으면' 뇌
기생충 환자들이나 만나보라며 비아냥거린다. '나'는 의사의 권유

를 받아들여 모임에 참석해 본다. 물론 '나'는 뇌 기생충 환자가 아니지만 이름과 병환을 속이고 환자들 사이에 섞여 그들의 고통을 지켜본다. 그리고 '나'는 그들 사이에서 다가오지도 않는 죽음을 두려워하며 눈물을 흘리고 거짓 고백을 한다. 그 속에서 '나'는 자신의 불면과 우울이 사라지는 경험을 하게 된다. '나'는 본격적으로 모임 중독자가 된다. 그는 모임에서 환자들에게 안겨 눈물을 흘리며 자신의 고통을 거짓으로 고백하면서 일종의 카타르시스를 느끼게 되고 모임이 끝난 후에는 휴가라도 보낸 듯 건강한 몸으로 귀가한다.

하지만 그런 행복도 잠시 '나'에게 방해꾼이 나타난다. '말라'라는 이름의 이 여자 방해꾼은 '나'와 같은 거짓 환자였다. 두 사기꾼들은 서로의 존재를 알아보게 되고 '나'는 그녀로 인해 다시 불면증에 시달린다.

고환암 환자들을 위한 '나머지 남자들의 모임'의 홍일점인 그 여자는 낯선 이의 무게를 견뎌내며 유유히 담배를 피우고 있다. 여자와 시선이 마주친다.

사기꾼.

사기꾼.

사기꾼.

여자의 칙칙한 검은 머리와 커다란 눈은 일본 애니메이션을 연상시킨다. 검은 장미 무늬 벽지처럼 얇고, 버터밀크처럼 누르스름한 드레스 차림의 여자는 지난번 '결핵 환자들의 금요 모임'에서도 본 적이 있다. '흑색소 세포종 환자들의 수요 원탁 모임'에서도. 월요일 밤 그녀는 '믿음으로 뭉친 사람들'이란 백혈병 환자들을 위한 그룹 토론회에도 나왔었다. 머리 중앙에는 번갯불처럼 새하얀 두피가 살짝 드러나 있다.

각종 환자들을 위한 모임 중에는 모호하고 낙천적인 이름들도 있다. 예를 들어, 매주 목요일 저녁에 모임을 갖는 혈 기생충 감염환자들의 모임은 이름이 '자유와 청명'이다. 내가 자주 찾는 뇌 기생충 감염 환자들 모임의 이름은 '하늘과 끝.'

트리티니 감독협회에서 일요일 오후마다 여는 '나머지 남자들의 모임'에서도 어김없이 그녀의 모습이 눈에 띈다.

문제는 그녀가 보고 있는 동안에는 맘껏 눈물을 흘릴 수 없다는 것이다. 빅 밥의 품에 안겨 어린아이처럼 서럽게 울어대는 게 내 일상의 하이라이트인데.

고된 업무에 시달리다가도 이곳에 오면 모든 피로를 깨끗이 씻을 수 있다.

이건 휴가나 다름없다.

(p.15~16)

그렇게 불면증은 다시 시작되었고 고달픈 장거리 출장은 여전히 그의 정신과 육체를 괴롭혔다. '나'는 자신이 타고 있는 비행기가 제발 추락해주기를 기도하며 에어 하버 국제공항에서 어설피 눈을 뜬다. 그리고 자신의 옆 좌석에 앉은 한 남자를 만나게 된다. 계속 이어진 출장길에 지친 몸과 제대로 잠을 자지 못해 희미해진 정신 속에 만나게 된 이 남자의 이름은 '타일러 더든'이다. 그는 협회에 등록된 영사기사였고 시내 호텔의 웨이터로 일하고 있었다. 비행기 안에서 일회용 친구로 몇 마디 대화를 주고받은 '나'와 타일러 더든은 서로의 전화번호를 교환하고 공항에서 헤어진다.

이 장면에서 '나'는 타일러 더든의 기행(奇行)에 관한 이야기 몇 가지를 소개한다. 언급했다시피 타일러 더든은 영사 기사이다. 그에게는 남들이 알지 못하는 기이한 취미가 있다. 그는 포르노 영화의 한 프레임을 떼어다가 가족용 영화의 한 장면에 몰래 붙인다. 한 프레임은 육십분의 일초이다. 아무리 주의 깊은 관객이라 할지라도 일초를 육십 등분한 시간 속에 지나간 장면을 알아차리지는 못할 것이다. 번쩍 하는 잔영만을 느낄 수밖에 없다. 하지만 극장 안 관객들은 그 번쩍하는 잔영으로 인해 가족들과 함께한 저녁 시간이 어색하고 불편하게 된다. 더든은 그런 타인의 불편함을 즐기는 작자였다.

그 후로 타일러는 상영하는 모든 영화에 페니스 프레임을 하나씩 붙여 놓았다. 대부분 클로즈업된 페니스나 거대한 질이 릴에 오르게 되는데 사 층 극장의 비좁은 의자에 앉아 혈압을 잔뜩 올린 채 신데렐라가 매력적인 왕자와 춤추는 걸 지켜보는 관객들에게선 불평 한

마디 없다. 평소와 다름없이 먹고 마시지만 그날 저녁만큼은 뭔가 어색하다. 왠지 속이 메스껍고, 이유 없이 눈물이 난다. 오직 벌새만이 타일러의 비밀스런 작업을 엿볼 수 있다.

(p.33)

가족과 함께 극장을 찾은 사람들에게 육십분의 일초로 지나간 음란한 프레임 하나는 그들의 무의식을 자극하는 환영이다. 해맑거나 혹은 근엄한 얼굴 속에 숨겨져 있는 그들의 무의식은 어둡고 칙칙한 뒷골목의 시궁창 같은 모습일지 모른다.

《파이트 클럽》은 심리학에서 말하는 무의식(無意識)과 환영(幻影)이 작품의 매우 중요한 제재로 사용된다. 본격적으로 작품을 분석함에 앞서 무의식과 환영에 대해 잠시 알아보도록 하자.

인간의 정신은 크게 의식(意識), 전의식(前意識), 무의식으로 나뉜다. 이러한 분류는 프로이트가 연구한 정신구조에 의한 것이며 이 세 가지의 구성요소 중 인간의 행동을 지배하는 가장 크고 중요한 요소는 무의식이다. 프로이트에 따르면 의식과 무의식은 '다른 무대'에 존재한다.[20] 말하자면 둘의 작용과정은 별개이다. 인간은 '의식'에 의해 일상을 유지해 나간다. 하지만 일상 속에서 의식적으로 행동하는 순간은 극히 제한적이다. 대부분의 행동과 사고는 잠재된 정신세계 즉 무의식에서 발화한다. 우리의 무의식은 사회적으로 용납되지 못해 억압된 욕망, 충동 등이 그 대부분을

---

20) 박찬부, 《현대정신분석비평》, 민음사, 1996, p.24.

차지한다. 또한 의식 속에 떠오르지 못하고 무의식 속에 잠재해 있는 내용은 망각되는 것이 아니라 항상 영속적으로 남아 있어서 의식적인 행동이나 사고에 영향을 미치는 것이다. 실언(失言)과 파괴, 불합리한 불안이나 공포 등을 무의식의 작용으로 인한 행동으로 설명하는 것도 이 때문이다.[21] 평소 폭력과는 거리가 먼 사람이 주먹을 휘둘러 실형을 선고받는 경우가 종종 있다. 그런 이들이 곧잘 하는 변명, '나도 모르게'는 곧 의식을 하지 못했다는 말과 동의어이다. 무의식중에 범죄를 저지른 것이다. 이해를 돕기 위해 일상에서의 예를 들어보도록 하자.

자, 여기 평범한 40대의 직장인이 있다. 그는 두 아이의 아버지이며 평범한 여자의 남편이다. 십여 년 넘게 같은 직장을 다니고 있고 자가용을 이용해 출퇴근을 한다. 가벼운 접촉사고를 낸 적은 있지만 이 역시 대도시 생활자의 지극히 일상적인 경험에 불과하다. 운전면허를 취득한 지는 이십 년 정도 되었고 본격적으로 운전을 시작한 것은 직장 생활을 시작하면서이니 운전 경력 역시 십 년은 넘은 베테랑이다. 피곤한 직장인이긴 하지만 아침 출근길의 아내와 아이들의 배웅을 받을 때면 부드러운 미소로 화답해준다. 그리고 아파트 지하주차장에 세워진 자신의 차로 향한다. 엘리베이터에서 내린 그는 버튼식 자동차 열쇠로 차문을 열고 운전석에 앉아 시동을 건다. 후사경으로 좌우를 살피며 천천히 후진을 한다.

---

21) 이상우 외 2, 《문학비평의 이론과 실체》, 집문당, 2009. p.180

적당한 거리에서 기어를 전진으로 바꾸고 지하주차장을 빠져나간다. 한 손으로 운전대를 잡고 다른 손으로는 카오디오를 이용해 음악을 튼다. 출근길 복잡한 도로 상황에도 불구하고 그가 운전을 함에 있어 불편함은 보이지 않는다.

지금까지 이 남자의 행동은 모두 전의식의 지배를 받은 것이다. 전의식이란 의식과 무의식의 중간에 자리하고 있다. 가장 대표적인 예가 운전이다. 초보운전자들은 도로를 주행하면서 운전에 관계된 많은 행위를 '의식'적으로 수행한다. 계기를 확인하며 속도를 줄이거나 올리고 자동차 안 여러 장치들의 기능을 일일이 기억해서 사용한다. 하지만 숙련된 운전자들은 어떠한가? 운전에 관계된 기술이나 조작에 의식을 사용하지 않는다. 이런 정신의 상태는 무의식과는 다르다. 오랜 습관이나 반복에 의해 의식하지 않아도 저절로 행동할 수 있는 상태를 전의식이라 한다. 무의식은 어떤 상황이라고 해서 의도적으로 끄집어낼 수 있는 정신이 아니다. 이것이 전의식과 무의식의 차이다.

계속해서 그의 출근길을 따라가 보자. 집에서 회사까지의 거리는 십오 킬로미터 남짓이지만 출근길은 상습적인 정체 구간이다. 오늘따라 길은 너 막히는 것 같다. 그의 표정이 슬슬 구겨지고 핸들을 잡은 손이 바빠지고 있다. 깜빡이를 켜고 다가오는 차가 있으면 경적을 길고 빠르게 울리며 속도를 높여 버린다. '자신의 사전에 양보란 없다'라고 생각하는 듯 상대 운전자를 향해 거칠게 욕을 내뱉는다. 이리저리 곡예를 하듯 차선을 넘나들기 시작했고 그는 끊임없이 큰 소리로 욕을 한다. 차창은 모두 닫혀 있고 그의 욕을 듣는 사람도 없다. 몇 차례 위기의 순간을 넘기긴 했지만 그는 무사히 회사 지하 주차장에 도착했다. 그는 차에서 내려 엘리베이터로 향했고 그 중간에 만난 직장 동료에게 반가운 인사를 건넸다. 물론 어떤 욕도 하지 않았고 인상을 찌푸리지도 않았다.

그의 무의식은 무엇인가? 출근길이 정체될 때 그가 거친 행동을 보인 것은 의식 속에서 이루어진 것이 아니다. 의식된 행동은 그에 따르는 충분한 준비가 필요하다. 하지만 그의 행동은 어떠했는가? 정체된 길과 끼어들기를 시도하는 다른 차에 그가 의식된 반응을 보인 것은 없다. 그것은 매우 즉각적인 반응이었으며 일상에서 그가 보인 행동과는 전혀 다른 차원의 것이었다. 우리는 그가 보인 난폭한 행동의 이면을 정확히는 알 수 없다. 그 역시도 조금 전 자신의 행동의 근원을 알지 못할 것이다. 아마 그는 자신의 난폭한 행동을 기억조차 하지 못할 것이다. 스스로도 인식하지 못하는 사이에 오랜 시간 조금씩 자신의 정신에 들어와 굳어진 무의식은 그것을 인지한다고 해서 행동으로 표출되는 것이 아니다. 결국 무의식은 특정한 상황에 의해 수면 위로 떠오르는 것이다. 언급했다시피 무의식은 우리 정신세계 어딘가에 깊이 내재하고 있을 뿐 사라지지 않는다. 흔히 말하는 트라우마, 즉 정신에 남은 외상도 이 무의식의 한 영역인 셈이다.

그렇다면 우리는 앞서 예로 내세운 '그'의 난폭한 행동에 대한 추론이 가능해진다. 상황에 대한 정신의 숨겨진 반응이 무의식이라고 정리할 때, 그가 운전대를 잡았을 때 보이는 폭력성은 그의 삶 속에서 억압된 특정한 경험 혹은 사건에 기인했을 가능성이 높다. 심리학자 칼 구스타브 융에 따르면 의식 속에는 '자아'가 있고 무의식 속에는 '그림자'가 있다. 무의식이 바다라면 의식은 작은 섬에 가깝다. 의식은 우리 정신의 모든 것을 대변하지 못한다. 자아란 그 작은 섬의 중심이다. 그렇다면 그림자가 위치하고 있는 곳은 어디인가. 자아라는 섬의 밑바닥이다. 말하자면 바다 속 자아다. 그림자를 설명하는 좋은 예는 스티븐슨의 판타지 소설 《지킬박사와 하이드 씨》다. 낮에는 점잖은 의사인 지킬박사와 밤이 되면 괴물로 돌변하는 하이드 씨의 모습은 인간의 의식적 인격(자아)과 무의식적 인격(그림자)의 이중성을 표현하는 좋은 예라 할 것이다.[22]

《파이트 클럽》 속 '나'는 무의식 속의 '그림자'가 표출될 수밖에 없는 현실 속에 머물고 있는 인물이다. '나'는 끝없는 외부 자극으로부터 시달리며 하루하루를 겨우 살아낸다. 결국 그의 그림자는 걷잡을 수 없는 상태로 표출되어 버린다. 자아는 작지만 힘이 세다. 그래서 그림자를 눌러 수면 아래에 둔다. 하지만 그림자가 분출할 수 있는 자극이 계속 이어질 때 자아는 깨져버리고 만다. 한번 깨진 자아는 쉽사리 회복되지 않는다. 비로소 그림자가 인간의 정신을 지배하는 지경에 이르고 마는 것이다. '나'는 계속 되는 출장길의 비행기 속에서 '타일러 더든'을 만난다. 결론부터 말하자면

---

22) 이부영,《분석심리학》, 일조각, 2002, pp.71~72.

타일러 더든은 실존하는 인물이 아니다. 바로 환영이다. 환영이란 눈앞에 있지 않은 것이 있는 것처럼 보이는 현상 혹은 사상이나 감각의 착오로 인해 허위의 현상, 영상을 사실로 인정하는 것을 말한다. 쉽게 말해 '허깨비' 보는 것이다. 주목할 점은 타일러 더든이 바로 '나'의 허깨비이며 또한 '나'의 그림자라는 점이다.

이때부터 '나'는 나의 그림자와 이야기를 하고 맥주를 마시고 싸움을 하고 동거를 한다. '나'의 눈에 그림자는 실체이며 개별적인 행동이 가능한 주체이다. 심지어 '나'는 타일러 더든을 동경하기까지 한다. 타일러 더든은 '나'가 제도권의 억압으로 그 동안 감춰 두었던 모든 욕망을 현실에서 실행한다.

앞서 언급한 적이 있는 《지킬박사와 하이드 씨》와 《파이트 클럽》은 한 인간이 가진 자아와 그림자의 양면성을 그리고 있다는 점에서는 유사하지만 양면성의 표출 방법에서는 사뭇 다르다. 《지킬박사와 하이드 씨》에서 자아와 그림자는 한 사람의 정신 속에서 지배와 피지배를 반복한다. 하지만 《파이트 클럽》은 한발 더 나아가 환영이라는 병적인 기법을 도입한다. 이미 오래 전에 붕괴되어 버렸지만 아직 자아의 지배를 받고 있다고 믿는 '나'가 자신의 붕괴된 자아에서 튀어나와 제멋대로 행동하고 있는 타일러 더든을 보고 함께 동참하는 방식으로 작품이 진행된다. 실제 작품에서도 한참의 시간이 지나기까지 '나'와 타일러 더든의 관계는 두 사람으로 그려진다. 타일러 더든은 자아가 붕괴되어 버린 오직 '나'만이 볼 수 있는 '나'의 그림자인 셈이다.

가면 속의 정체성

페르소나, persona

《파이트 클럽》은 서사의 기법적인 측면에서는 판타지를, 주제적 측면에서는 사회 저항의식을, 인물의 성격 창조에서는 심리학적인 요소를 이용하였다. 특히 인물에게서 나타나는 심리학적 이론들은 이 작품의 개성을 결정하는 매우 중요한 요소이다. 작중화자 '나'가 극도로 혼란해진 정신상태 속에서 무의식 속에 가라앉아 있던 또 다른 '나'를 만나 기이한 동거를 시작한다는 설정은 심리학적 이론을 바탕으로 하지 않고는 깊이 있는 작품 읽기가 불가능하다는 반증이 된다.

인간은 누구나 사회적인 욕망을 품고 산다. 타인보다 앞서고자 하는 욕망을 실현하기 위해서는 원래 자신의 모습 즉, 자기(self)를 감춰야 하는 순간이 온다. 그런 순간에 우리는 가면을 쓴다. 페르소나란 그리스의 연극에서 배우들이 쓰던 가면을 말한다. 한 가지 주의할 점은 페르소나가 흔히 가면이라는 단어에서 연상되는 위선의 의미가 아니라 '가상'을 말한다는 것이다. 한 개인의 개성이라고 착각하기 쉬운 가면이다. 사람들이 흔히 나의 생각, 나의 신념, 나의 가치관, 나의 것이라고 하는 것은 자기의 생각에 의해 만들어진 것이 아니라 남들의 생각에 기인했다는 점이며 그들의 기대에 부응하고자 정신에서 시작되었다는 것이다. 즉, 집단적으로 주입된 생각이나 가치관인데 그것을 마치 자기의 의지 속에서 만들어냈다고 생각한다는 것이다. 페르소나는 내가 나로서 있는 것이 아니고 남과 다른 사람들에게 보이는 나를 더 크게 생각하는 특징을 가지며 진정한 '자기'와는 다른 것이다.[23]

다시 작품으로 돌아가 보자. 《파이터 클럽》 속 '나'는 의사로부터 아무런 의학적 이상 징후를 발견하지 못했다는 진단을 듣는다. 하지만 그는 지독한 불면증과 우울증에 시달린다. 그 이유는 무엇인가? 그가 쓰고 있는 엄청난 두께의 가면 때문이다. 그는 되도록 완전한 사회성 즉 직장인으로서의 본분을 수행하고자 애썼다. 그 과정 속에서 '나'는 얌전하고 순종적인 남자로 변해간다.

밥의 거대한 팔뚝이 날 와락 끌어안았다. 내 얼굴은 그의 축축한 젖가슴에 푹 묻혀버렸다. 그의 가슴은 우리가 생각하는 신의 가슴만큼 컸다. 매주 남자들로 득실거리는 교회 지하실을 돌아다니며 이쪽은 아트, 이쪽은 폴, 또 이쪽은 밥……. 밥의 거대한 어깨는 지평선을 연상케 했다. 밥의 굵은 금발은 조각용 무스라는 헤어크림으로 떡칠이

23) 이부영, 앞의 책, p.82.

돼 빳빳하게 세워져 있었다.

그가 양팔로 나를 감싸 안는다. 그리고 손바닥으로 내 머리를 감싼 채 자신의 거대한 가슴에 댄다.

"괜찮아." 밥이 말한다. "맘껏 울어."

무릎부터 이마까지 음식과 산소를 태우는 밥의 화학 반작용이 그대로 느껴진다.

"병원에서 제때 손을 썼을 수도 있잖아." 밥이 말한다. "그냥 정상 피종일 수도 있고. 정상 피종은 생존율이 거의 백 퍼센트하고 하더군."

…⟨중략⟩…

밥이 우는 이유는 육 개월 전 제거해버린 고환 때문이다. 그는 지금껏 호르몬 치료를 받아오고 있다. 밥의 거대한 젖가슴도 다 남성 호르몬 테스토스테론이 너무 많이 분비되기 때문이다. 테스토스테론이 많이 분비되면 균형을 맞추기 위해 에스트로겐의 분비가 촉진된다.

허무하다 못해 망각의 늪을 허우적대는 불쌍한 인생. 허무하게 느껴지는 내 인생이 처량해 눈물을 흘린다. 에스트로겐이 과다하게 분비되면 여성의 젖가슴을 갖게 된다.

사랑하는 이들이 자신을 외면하거나 세상을 하직하게 될 거라는 것을 깨닫고 난 후에는 그만큼 쉽게 눈물을 흘릴 수 있다. 긴 시간을 두고 본다면 인류의 생존율은 제로에 가깝다.

밥은 나를 끔찍이도 좋아한다. 내 고환 역시 자신의 것처럼 제거된 상태라고 넘겨짚고 있는 거겠지.

(p.13~15)

그는 조립식 가구를 사들여 집을 꾸미고 구슬 모양의 유리그릇을 수집해 냉장고와 찬장을 채워나간다. 또한 몸은 점점 유약해지고 팔과 다리의 근육은 점점 약해져 자신의 성적 정체성이 어디에 머물고 있는지 헷갈리기 시작한다. 그때, 그에게 이 페르소나를 벗을 수 있는 기회가 찾아온다. 바로 시한부 인생을 사는 환자들의 모임에 참석하는 것이었다. '나'는 그곳에서 암으로 인해 거세된 보디빌더의 품에 안겨 눈물을 흘리고, 해충이 뇌를 파먹고 있는 여자의 욕정을 듣게 된다. 그런 모임에 참석하게 된 후 '나'는 수면제를 복용하지 않고도 편히 잠을 이루게 된다. 병든 정신을 가지고서도 멀쩡한 척 살아가야 하는 현실 속에서 그는 가짜 환자 노릇을 하면서 비로소 자신이 병들어 있다는 것을 알게 되었고 스스로가 환자임을 자인하게 되면서 그는 자신이 쓰고 있던 가면을 잠시나마 벗게 된 것이다. 하지만 그것도 잠시, '말라'라는 이름의 훼방꾼으로 인해 더 이상 모임에도 참석할 수 없게 되고 다시 예전보다 더 두꺼운 페르소나를 뒤집어 쓴 채 피곤한 출장길에 오르게 된다.

아니마, Anima

'나'는 결국 자신의 힘으로 가면을 벗지 못한다. 현실은 나약한 그가 넘을 수 없는 벽이었다. 그의 정신은 시간이 갈수록 더욱 피폐해져 갔고 결국 하루하루 자살을 꿈꾸며 살아갈 지경에 이르고 말았다. 그때, 앞서 언급한 적 있는 '그림자'가 '자아'의 제어를 벗어나 제멋대로 움직이기 시작했다. 자아의 제어가 지나칠 때 페르소나가 만들어진다. 말하자면 작품 속 타일러 더든은 '나'의 페로소나를 뚫고 나와 실체가 되어버린 것이다.

이제 '나'는 자아와 그림자가 각각의 실체로 활동하는 비정상적 지경에 이르고 만다. 이 상황에서 주목할 점은 자아(나)와 그림자(타일러 더든)가 주고받은 첫 번째 퍼포먼스다. 그들은 맥주를 마시며 잡담을 나눈 후 서로에게 폭력을 행사하는 이상한 짓을 한다. 그때까지 '나'는 한 번도 다른 사람을 때려 본 적이 없는 인물이었다.

> 타일러와 나는 고주망태가 되도록 술을 마셔댔다. 타일러가 자기와 같이 살아도 된다고 흔쾌히 승낙했다. 하지만 한 가지 조건이 있단다. 다음 날 최소한의 짐이 든 여행 가방이 도착하겠지. 셔츠 여섯 장에 속옷 여섯 벌.
>
> 아무도 없는 술집에서 얼큰하게 취한 나는 타일러에게 무슨 조건이냐고 물었다.
>
> 타일러가 말했다. "최대한 세게 날 때려줘."
>
> (p.54)

그림자를 때리는 자아, 다시 자아에게 주먹을 날리는 그림자. 자아와 그림자가 주고받은 첫 번째 행위에 주목해야 하는 이유는 그것이 바로 '폭력'이기 때문이다. 이들은 폭력을 통해 서로의 경계를 허문다. 지배와 피지배, 개방과 폐쇄의 관계로 이루어져 결코 서로가 결합할 수 없었던 이들이 서로의 몸을 때리는 장면은 매우 중요한 상징을 가진다. 그렇다면 '나'가 때린 것은 무엇인가? 무엇을 때려 날려버렸는가? 바로 '아니마'이다.

아니마란 간단히 말해 남성의 무의식 속에 있는 여성적 요소를 말한다. 반면에 여성의 무의식 속에 있는 남성적 요소는 아니무스라고 부른다.[24] 무의식 속에서 모습을 감추고 있던 '나'의 그림자가 타일러 더든이라는 마초적 남성의 모습으로 현실에 나타나기 전 '나'는 아니마의 지배 속에서 살아간다. '나'의 페르소나를 지배하고 있는 근본은 아니마에서 시작된다. '나'는 조립식 가구를 사들여 홀로 있는 저녁시간을 보내고 유리구슬 모양의 그릇에 먹다 남은 음식을 담아 냉장고에 쌓아두면서 스스로 적당히 삶에 적응하며 살고 있다고 자위한다. 한발 더 나아가 '나'는 고환암 환자 모임에 참가해 거세된 남성으로 새로운 가면을 쓰고 역시 거세되고 가슴 달린 남성의 품에 안겨 눈물까지 흘린다. 전직 보디빌더였다가 암에 걸려 고환을 제거하고 호르몬 이상으로 가슴까지 생겨버린 '밥'의 존재는 아니마의 실체적 상징이다.

'나'와 타일러 더든은 매일 밤 싸구려 맥주집에서 술을 마시고 어두운 골목으로 나와 싸움을 한다. 그들은 고대 로마의 검투사라도 된 듯 비장한 심정으로 싸움에 임한다. 허약하던 몸은 얼마 지나지 않아 잘 다져진 근육질로 단단해지고 고상하고 파리하던 얼굴은 상처투성이 싸움꾼의 것으로 변해간다. 주목할 점은 골목에서 마구잡이 주먹다짐을 하고 있던 그들 곁에 하나 둘 남자들이 모

---

24) 이부영, 앞의 책, p.87.

여든다는 것이다. 모여든 남자들 역시 직접 싸움에 뛰어든다. 생면부지간이지만 그들은 자연스럽게 서로의 얼굴에 주먹을 날리고 또 코뼈가 부러지도록 얻어맞는다. 하지만 그들에게 그런 거친 행위는 더 이상 낯설고 두려운 폭력이 아니었다.

　　타일러가 외치는 첫 번째 구호는 "파이트 클럽의 첫 번째 룰은 절대 파이트 클럽에 대해 발설하지 않는 것."
　　"파이트 클럽의 두 번째 룰은 절대 파이트 클럽에 대해 발성하지 않는 것." 타일러가 소리쳤다.
　　난 육 년간 아버지를 알아왔지만 그에 대한 기억은 하나도 남아 있지 않다. 아버지는 육 년에 한 번씩 거처를 옮겨가며 새 가족을 이룬다. 가족이라고도 할 수 없지. 아예 프랜차이즈라고 부르는 편이 더 바람직하다.
　　파이트 클럽에 나오는 건 여자들에 의해 길러진 남자들이다.
　　이런 남자들로 득실거리는 캄캄한 지하실에서 타일러는 나머지 룰을 외쳐댄다. 싸움은 단 둘이서만, 한번에 한판만 하며, 셔츠와 신발은 벗어야 하고 승부가 날 때까지 계속한다.

(p.59)

　　파이트 클럽엔 세상 어느 곳에서도 느껴볼 수 없는 생기가 넘쳐난다. 모두가 지켜보는 가운데 상대와 단둘이 엉겨 붙어. 파이트 클럽에서 이기고 지는 건 문제가 되지 않는다. 파이트 클럽은 그저 말뿐인 껍데기가 아니다. 파이트 클럽을 처음 찾은 이들은 그야말로 허여 멀건 식빵 덩어리일 뿐이다. 파이트 클럽을 육 개월 이상 경험한 이들은 마치 나무를 깎아 만든 조각처럼 변하게 된다. 파이트 클럽은 보통 체육관에서 들을 수 있는 힘쓰는 소리와 소음으로 가득하다. 하지만 파이트 클럽은 체육관과 달리 자기 개선을 위해 존재하지 않는다. 교회에서나 들을 수 있는 광란의 갈채가 있고, 일요일 오후 눈을 뜰 때면 왠지 구원 받은 기분도 느낄 수 있다.

(p.61)

그들에게 싸움은 아니마를 걷어내는 의식이며 무의식 속에 잠자고 있던 각자의 그림자를 불러내는 신호였다. 그리고 드디어 타일러 더든과 나를 중심으로 한 '파이트 클럽'이 만들어 진다. 클럽의 멤버들은 매주 토요일 밤 맥주집의 지하 창고에서 벌어지는 싸움을 위해 일주일을 준비한다. 가구를 조립하고 유리그릇에 반찬을 담던 남자들은 아령을 들고 근육을 키운다. 거세된 보디빌더는 더이상 자신의 유방을 바라보며 눈물을 흘리지 않았고 부드러운 손으로 음식을 나르던 곱상한 웨이터는 굵어진 팔뚝을 휘두르며 괴성을 질러댔다.

부성의 기억을 상실한 채 여성에게 길러져 애매한 정체성을 가지고 살아가던 그들이 비로소 가면을 벗었다. 이제 그들은 하나의 단단한 조직을 이루었고 자신들의 무의식이 향하고자 하는 방향으로 삶의 궤적을 바꾼다. '나'와 타일러 더든을 중심으로 하여 파이트 클럽이 이루고자 하는 삶의 새로운 목적은 무엇일까? 이제 다음 장에서 그들의 충격적인 종착점을 따라가 보자.

영원한 판타지적 존재 '또 다른 나'

욕망에 관하여

사람들은 누구나 또 다른 자신을 꿈꾼다. 자신을 대신할 수 있는 다른 '나'는 분명 불가능한 존재지만 그만큼 매력적이다. 그렇다면 '또 다른 나'가 매력적인 이유는 무엇인가. 또 다른 나는 현실 속 나의 상상 속에서 만들어진다. 현실 속의 '나'는 상상을 통해 나의 결핍을 보충한 '나'를 재생산할 것이다. 대부분의 서사에서 결핍은 욕망을 부르고 욕망은 환상을 만든다.

욕망의 구조는 '나'가 어떠한 '대상'을 구하고자 하는 정신(결핍)에서 시작된다. 그 대상이 자신의 결핍을 완전히 채워줄 것이라고 믿기 때문이다. 그것만 얻으면 아무것도 욕망하지 않으리라 믿는다. 그러나 그 대상을 얻어도 욕망은 여전히 남는다. 아무것도 욕망하지 않는 것은 곧 죽음이다. 그렇다면 대상은 실재처럼 보였지만 허구인 셈이다. 대상을 실재라고 믿고 다가서는 과정이 상상계이며 그 대상을 얻는 순간이 상징계다. 여전히 욕망이 남아 그 다

음 대상을 찾아나서는 게 실재계다.[25]

오, 타일러, 제발 날 구해줘.

전화벨 소리는 계속 울려대고.

문지기가 다가와 내 어깨 너머로 몸을 불쑥 내밀었다. "요즘 젊은 사람들은 자기가 정말로 뭘 원하는지조차 모르는 것 같아."

오, 타일러. 제발 날 살려줘.

전화벨 소리는 계속 울려대고.

"요즘 젊은 사람들은 온 세상을 다 가지고 싶어 하잖아."

스웨덴제 가구에서 날 구해줘.

고상한 그림에서 날 구해줘.

전화벨 소리는 계속 울려대고. 드디어 타일러가 전화를 받았다.

"자신이 뭘 원하는지 모른다면……." 문지기가 말했다. "앞으로 전혀 원치 않았던 것들 속에 묻히게 될 거야."

완벽하게 사는 건 싫어.

만족스레 사는 것도 싫고.

완전한 건 싫고.

도와줘, 타일러. 완벽하지 않도록. 완전하지 않도록.

(p.53)

---

25) 자크 라캉, 권택영 역, 《욕망이론》, 문예출판사, 2011, p.20.

《파이트 클럽》속 '나'는 수많은 결핍 속에서 살아가는 인물이지만 그는 자신이 무엇을 욕망하는지 정확히 알지 못한다. 그 이유는 '나'는 총체적인 정신의 결핍 속을 살아가고 있기 때문이다. 자신의 모든 것이 결핍되었다는 것은 모든 것을 욕망한다는 의미이기도 하다. 모든 결핍과 모든 욕망은 결국 허상에 불과하다. 이런 상태를 앞서 언급한 라캉의 이론으로 살펴보자면 그는 죽을 수밖에 없는 인물이다. 정상적인 이론은 하나의 결핍에 하나의 욕망이 연쇄적으로 이어지면서 만들어져야 한다. 하지만 총체적 결핍 속에서 만들어지는 총체적 욕망은 구체적일 수 없다. 작품 속 '나'는 자신의 그림자(타일러 더든)를 만나기 전 죽음만이 자신을 구원해 줄 것이라 믿는다.

비행기가 추락해 주기를 간절히 바라던 결핍의 절정에서 '나'는 '또 다른 나'를 만난다. 타자의 시선으로 볼 때 '또 다른 나'는 하나의 허상에 불과하지만 '나'에게 있어 '또 다른 나'는 자신의 결핍과 욕망의 구체화이다. 소박한 욕망의 경우에는 주체(나)가 대상(결핍된 것)을 곧바로 욕망할 수 있다. 하지만 인물의 열정을 불러일으킨 대상의 '본성'이 욕망을 설명하기에 충분하지 못할 때는 열정에 사로잡힌 주체로 관심을 바꾸게 된다. '나'는 결핍하다고 느끼지만 자신이 갈구하는 욕망의 형태를 파악하지 못한다. 그때는 다른 '나'의 욕망을 대신 구체화시켜 줄 '중개자'가 필요하다. 이런 의미에서 타일러 더든의 존재는 결국 중개자이다. 이것은 르네 지라르의 '삼각형의 욕망'과 같은 구도이다.

르네 지라르는 세르반테스의 소설《돈키호테》를 예로 들어 삼각형의 구도를 그려내고 있는데 돈키호테는 주체(산초)와 대상(가공의 섬) 쪽으로 동시에 선을 긋고 있는 중개자이다. 돈키호테를 알게 되면서 산초는 자기가 통치하게 될 '섬' 하나를 꿈꾸고, 자기 딸에게도 공작부인 칭호를 가지게 하고 싶어 한다. 이런 종류의 욕망들은 산초처럼 소박한 삶을 살아온 사람에게 자연발생적으로 일어난 것이 아니다. 그러한 욕망들을 그에게 암시해 준 것은 바로 돈키호테인 것이다.[26] 이 구도는 인물의 형태만 달리할 뿐《파이트 클럽》에서도 그대로 투영된다. 스스로 구체화시킬 수 없었던 '나'의 욕망은 타일러 더든을 통해 그대로 현실화 된다. 내가 알 수 없었고, 실행할 수 없었던 욕망을 말과 행동으로 표출해내는 타일러 더든의 모습은 나에게 만족감을 준다.

타일러와 나는 점점 일란성 쌍둥이를 닮아갔다. 우리 두 사람은 얻어맞아 얼얼한 광대뼈에 기억을 잃어버린 피부를 가지고 있었다. 한 대 얻어맞고 난 후 다시 제자리를 찾지 못하는 둔한 피부.

내 몸 곳곳에 든 멍은 전부 파이트 클럽에서 얻은 것들이다. 타일러는 영사 기사 협회 회장에게 얼굴을 얻어맞아 원래의 윤곽을 되찾지 못했다. 타일러가 협회 사무실을 기어나오고 있을 때 나는 프레스맨 호텔 매니저를 찾아갔다.

---

26)《낭만적 거짓과 소설적 진실》, 르네 지라르, 김치수 · 송의경 역, 한길사, 2002, pp.41~42.

나는 프레스맨 호텔 매니저 사무실에 앉아 있었다.

나는 조의 능글맞은 웃음의 복수.

매니저가 내게 삼 분의 시간을 주겠다고 했다. 처음 삼십 초 동안 나는 그동안의 만행에 대해 모조리 털어놓았다. 수프에 대고 오줌을 갈긴 일, 크림 브릴레에 대고 방귀를 뀐 일, 기름에 볶은 꽃상추에다 재채기를 한 일.

나는 그에게 매주 샐러리와 팁을 집으로 부치라고 지시했다. 대신 두 번 다시 호텔에 얼씬거리지 않겠다고 약속했다. 물론 언론이나 공중위생 조사원들에게 그 사실을 폭로하지도 않을 것이고.

헤드라인.

불안정한 웨이터, 음식 오염 시인.

나도 알아요. 내가 말했다. 교도소에 갈 수도 있겠죠. 교수형에 처해지거나 거리로 질질 끌려다니며 잿물을 뒤집어쓸 수도 있겠죠. 하지만 앞으로 프레스맨 호텔은 세계의 거부들이 오줌 수프를 먹은 곳으로 널리 알려지게 될걸요.

타일러의 말이 내 입을 통해 흘러나오고 있었다.

그를 만나기 전까지 그렇게 다정다감했던 나인데.

(p.143~144)

말하자면 '나'는 중개자가 된 타일러 더든의 주체적인 욕망을 따라가게 되는 것이다. 하지만 타일러 더든은 실체하지도 않는 허상이며 그의 모든 욕망의 대상은 결국 '나'에 의해 탄생된 것이다. 인간은 언제나 결핍 속에서 살아간다. 그러므로 누구나 어떤 대상을 향한 욕망은 꿈틀대기 마련이다. 하지만 욕망이 완전히 충족되는 경우는 없다. 결핍은 욕망을 욕망은 다시 더 큰 결핍을 불러온다. 그런 부조리의 수레바퀴 속에 인간은 자신의 욕망을 투영시킬 수 있는 새로운 분신을 창조하게 되는 것이다.

그렇다면 '나'의 욕망이 향하고 있는 곳은 구체적으로 어디인가. 우리는 아직 그의 욕망에 대한 이야기를 나누지 않았다. '나'는 과연 무엇을 그토록 갈망하였기에 가면을 썼고 그림자를 불러냈으며 그림자와 거친 주먹질을 주고받았는가. 이제 그 욕망의 실체를 파헤쳐보도록 하자.

'나'는 무엇을 파괴하는가

《파이트 클럽》의 서사는 타일러 더든이 지구상에서 가장 높은 '모리스 파커'빌딩을 폭파하기 삼분 전 '나'의 회상으로 시작된다. 그렇다면 '나'의 회상 중 가장 오래된 기억은 무엇일까? 이 물음에 대한 답은 잠시 뒤로 미룰 필요가 있다. 왜냐하면《파이트 클럽》의 담론은 이 오래된 기억으로부터 시작되기 때문이다. 이 기억에 다가가기 위해서는 다른 질문 하나를 다시 던질 수밖에 없다. '나'는 파이트 클럽을 통해 무엇을 이루고자 하는가?

표면적으로 파이트 클럽의 멤버들은 폭력을 쓴다. 폭력의 기본적인 지향점은 '파괴'이다. 그들이 가장 먼저 폭력의 대상으로 삼은 것은 바로 자신이다. '나'는 처음 타일러 더든을 만난 날 밤, 싸구려 맥주집 앞 공터에서 혼자 자신과 싸움을 한다. 스스로를 때리고 혼자 피 흘리며 쓰러진다. 그 모습에 매료된 남자들이 '자기파괴' 중인 '나'의 주변에 모여들었고 훗날 그들은 대규모의 집단이 되었다. '나'를 포함한 그들은 맥주집의 지하창고에서 매주 '자기파괴'에 몰두 했고 결국 파괴를 완성했다. 하지만 이는 단순한 의미의 파괴가 아니다. 이들에게 파괴는 소실의 의미가 아니라 '그들에게 자신 안에 잠재되어 있는 힘을 보여주는' (p.151) 중요한 의식이다.

　나중에 타일러가 나를 불러놓고 말했다. 지금까지 내가 그토록 누구를 완벽하게 망치는 걸 본 적이 없다고. 그날 밤 타일러는 파이트 클럽을 한 단계 업그레이드시키기로 결심했다. 아니면 아예 문을 닫아버리거나.
　…〈중략〉…
　타일러가 누누이 말하던 쓰레기와 역사와 노예. 바로 그런 기분이었다. 내가 소유할 수 없는 세상의 아름다움을 모두 파괴해버리고 싶었다. 아마존의 열대 우림에 불을 지르고 싶고, 염소산염 플로로 탄소를 퍼올려 오존을 싹 쓸어버리고 싶고, 초대형 유조선과 유정의 덤프밸브를 확 열어버리고 싶었다. 사 먹을 형편이 안 되는 물고기들을 모조리 죽여버리고, 영원히 가보지 못할 프랑스의 멋진 해변을 덮어버리고.
　나는 세상을 밑바닥에 빠뜨리고 싶었다.

그 사내를 내리치며 멸종 위기에 놓은 판다들의 머리에 총알을 꽂아버리고 싶은 충동에 사로잡혔다. 그런 처지에 있음에도 번식을 위한 교미조차 하지 않는 것들. 삶을 포기한 채 스스로 암초에 걸려버린 고래와 돌고래도 마찬가지였다.

이걸 절멸이라고 생각하지마. 그저 소형화라고 여기라고.

수천 년간 인간은 지구를 마구잡이로 손상시켜왔다. 그런데 이제와서 날더러 원상회복시켜 놓으라는 거야? 수프 캔을 깨끗이 닦고, 다 써버린 엔진 오일의 마지막 한 방울까지 주워 담으라고?

…〈중략〉…

"무정부주의를 정당화시키는 거야."타일러가 말한다. "네가 알아서 해석해봐."

파이트 클럽이 사무원들에게 그랬듯이 메이헴 작전 역시 문명을 박살낸 후 뭔가 더 나은 것을 만들어내는 데에 목표가 있다.

(p.156~158)

비로소 잠재된 자신의 능력을 찾아낸 이들은 다른 파괴의 대상을 찾기 시작한다. 그들은 불을 지르는 연습을 하고 과녁을 향해 사격을 수련하며 예술품에 낙서를 한다. 그리고 비누의 재료를 이용해 어마어마한 양의 폭탄을 만들고 있다. 파이트 클럽을 진두지휘하고 있는 '나'의 그림자는 메이헴 작전이라고 명명된 첫 번째 테러를 계획하고 작전의 수행을 위해 클럽의 멤버들을 훈련시킨다. '나'는 세상을 폭파하고자 한다. 파괴된 세상 속에서 역사는 함께 불타 없어지고 도시는 숲으로 변해간다. 정부는 해체되었고 잡초가 무성한 고속도로에서는 사슴이 한가하게 풀을 뜯는다. 결국 '나'와 파이트 클럽의 멤버들은 완벽하고 신속하게 문명을 파괴하고자 한다.

그렇다면 작품 속에서 말하는 문명의 파괴가 의미하는 바는 무엇인가. 우리는 이 질문을 《파이트 클럽》의 '나'의 가장 오래된 기억과 결부시켜 생각할 수밖에 없다. 《파이터 클럽》에는 작품 전반에 걸쳐 '아버지'에 관한 회고가 이어진다. 아버지에 대한 고백은 매우 갑작스럽고 뜬금없는 것들이 대부분이지만 '나'의 현재적 상황을 추론하는데 매우 중요한 단서를 제공한다. '나'에게 있어 아버지는 기억에서 지워진 존재이다. 아버지는 무식했으며 쉽게 가정을 버리고 다른 여자를 찾아 떠났고 자식의 삶에 관한 올바른 충고를 전하지도 못했다. 결국 '나'는 부성을 통해 배운 것이 아무것도 없었고 자신의 삶이 엉뚱한 방향으로 흘러간 것이 모두 아버지의 탓이라고 생각한다. 그런데 문제는 이 부성의 부재가 비단 '나'의 문제가 아니라는 것이다. 파이트 클럽에 모인 남자들은 모두 부성을 상실한 채 살아온 인물들이다. 그들은 여자에 의해 길러졌으므로 어쩔 수 없이 아니마의 가면(페르소나)를 쓰고 살아올 수밖에 없었다. 그들의 몸은 여성화되어갔고 정신 역시 유약해졌다. 하지만 성적인 정체성을 숨기거나 망각한 상황 속에서도 무의식 속에 내재된 그들의 그림자는 여전히 꿈틀대고 있었고 결국에는 무의식이 의식을 뚫고나와 제멋대로 활동을 시작하게 된다.

파이트 클럽의 멤버들은 문명을 박살낸 후 사냥을 할 수 있기를 꿈꾼다. 그들은 억센 근육으로 사슴의 목을 찌르고 가죽을 벗겨 사냥의 성공을 기념하기를 바란다. 그들은 자신들의 무의식을 의식으로 뒤바꾸기를 꿈꾼다. 하지만 아버지로서의 자격을 상실한 아버지들이 만들어 놓은 문명은 전사가 필요 없는 세계이다. 결국 내가 말하는 '나'의 아버지는 문명인 셈이다. 성적 정체성을 구분할 수 없는 세상 속에서 수많은 '나'는 계속해서 가면을 쓰고 서서히 자신을 잊어가고 있는 것이다.

> 우리가 뒤엉켜 싸운 첫날은 일요일 밤이었다. 타일러는 며칠 동안 면도를 하지 않은 상태였고, 덕분에 내 주먹은 무척 쓰라렸다. 주차장에 벌러덩 드러누워 유난히 반짝이는 별을 올려다보며 타일러에게 지금껏 누구와 싸워왔느냐고 물었다.
> 타일러가 대답했다. 아버지랑.
> 어쩌면 아버지란 우리가 완벽해지기 위해 필요한 존재일지도 몰랐다.
>
> (p.64)

메이헴 작전은 그림자(타일러 더든)와 '나'의 새로운 분열로 성공하지 못한다.(영화에서는 성공하는 것으로 각색된다.) '나'는 비로소 자신의 그림자가 스스로의 의지로 제압할 수 없는 상황이라는 것을 자각하지만 어쩔 수가 없다. 그림자는 이제 의식의 지배를 받지 않는다. 그는 제멋대로 필요에 의해 나타나고 사라지고를 반복한다. 그림자를 제압하는 방법은 결국 자신의 목에 스스로 총구를 겨누는 것뿐이다. 고층의 건물이 폭파되고 수많은 사람들이 목숨을 잃을 긴박한 상황에서 나는 결국 타일러 더든을 죽이기 위해 총구를 입에 물고 방아쇠를 당긴다.

《파이트 클럽》에는 생산과 파괴의 고리가 존재한다. 아버지는 나를 생산했다. 나는 그림자를 생산한다. 그림자는 문명 혹은 아버지로 상징되는 파커 모리스 빌딩을 파괴하고 파커 모리스 빌딩에 갇혀 있는 '나'는 문명 혹은 아버지에 의해 파괴된다. 하지만 의식과 무의식의 분리를 눈치 챈 '나'는 그림자를 파괴하기 위해 자신의 얼굴에 방아쇠를 당긴다. 결국 이 지독한 싸움의 종착점은 나의 파괴다. 나는 파괴되고 문명은 남았다. 나의 희생은 아버지를 살렸다. 이것은 '나'의 의식과 문명의 화해로 풀이되며 나아가 문명의 파괴를 막은 '나'가 새로운 아버지의 전형으로 만들어지는 상징적인 사건이 된다. 하지만 세상에는 여전히 파이트 클럽의 멤버들이 남아 새로운 타일러 더든의 출현을 기다리고 있다. 파괴와 생산과 보전의 고리로 이어지는 세상 속에서.

※ 영화로《파이터 클럽》을 접한 독자들을 위해 재미있는 팁 하나를 소개하도록 하겠다. 유심히 영화를 감상한 관객이라면 영화 상영 내내 스크린에 나타나는 이상한 번쩍임을 보았을지도 모른다. 그 빛은 정확히 1/16초의 속도로 지나갔으므로 그것에 담긴 영상을 눈으로 확인하는 것

은 불가능하다. 영화의 감독 데이비드 핀처는 자신이 소설 속 타일러 더든이라도 된 냥 한 프레임짜리 비밀스러운 영상을 숨겨 놓았다. 사진 속 붉은 재킷을 입은 배우 브래드 피트의 모습은 바로 1/16초짜리 영상 속에 숨겨진 것이다. 영화 전체에 몇 개의 숨겨진 영상이 있는지는……, 직접 확인해 보기 바란다.

영화 〈파이터 클럽〉 숨겨진 장면 1

숨겨진 장면 2

◑ 스스로의 페르소나(가면)에 관해 생각해 보고 그 가면을 쓴 나는 무엇을 얻고자 욕망하는지에 관해 짧은 이야기를 만들어 보자.

◑ 작품 속 '나'는 폭력적이고 남성적인 자신의 '그림자'를 만나 파이터 클럽을 만든다. 현실 속 당신이 원하는 '당신의 그림자'는 어떤 모습이며 그와 함께 어떤 일을 하고 싶은지 이야기해 보자.

네 걸음. 시공(時空)을 넘는 따뜻한 판타지

● 낯선 시간과 공간의 담론

낯선 시간과 공간의 담론

시작과 끝을 찾아서

서사(敍事)의 사전적 의미는 '사실을 있는 그대로 적는 것'이다. 여기에 문학이라는 예술 장르가 결합되면 사실을 있는 그대로 적은 문학 즉 '서사문학'이 된다. 서사와 문학이 결합하여 서사문학이라는 장르가 만들어지는 것은 연속된 하나의 과정으로 생각되지만 실제는 그렇지가 않다. 서사문학은 서사와 문학의 특정한 부분이 유기적으로 결합되면서 각각의 요소가 가지지 못한 새로운 특질을 만들어 낸다. 우선 서사에 관해 조금 더 깊이 있게 생각해 보자.

서사성을 가지지 않는 문학이 존재하는 것은 분명하지만 서사는 문학보다 큰 범위를 가진다. 말하자면 서사는 문학을 자신을 표현하는 하나의 매개로 삼는다. 또한 군이 문학이 아니더라도 서사는 얼마든지 존재할 수 있다. 서사는 음성과 문자를 가리지 않고 발현될 수 있으며 장르와 이론을 뛰어 넘어 존재할 수 있다. 사실이 말,

글, 음악, 그림, 영상 등에 담겨 '이야기'가 되면 그것은 서사다. 우리가 흔히 문학성을 가졌다고 하는 것의 대부분은 이 '이야기'에 국한된다. 사실의 미학적인 변용이 있을 때 우리는 그 이야기를 문학적이라고 부른다. 그러므로 문학적이라는 명명도 서사 안에서 가능해지는 것이다. 손자를 재우기 위한 할머니의 옛날이야기는 분명 서사다. 하지만 같은 이야기라도 하는 사람에 따라 그 이야기는 문학성을 가질 수도 있고 가지지 않을 수도 있다.

같은 이야기에서 문학성의 있음과 없음을 결정하는 기준은 바로 서사성의 차이에서 시작된다. 사건의 흐름이 너무 뻔해서 시작과 동시에 결말을 알아버린 이야기 혹은 사실의 연결이 너무 황당하고 그 개연성이 부족해 이야기가 말하고자 하는 핵심을 도무지 파악할 수 없는 이야기는 문학성을 가지지 못했다는 평가에 앞서 서사성이 부족했음을 지적해야 한다. 하나의 사실이 하나의 이야기가 되기 위해서는 그에 따르는 기술이 필요하다. 그 기술을 우리는 서사성이라고 부른다.

사실은 하나의 현실이다. 그러므로 사실에는 비밀이 없다. 말 그대로 뻔한 이야기에 불과하다. '전쟁이 벌어졌으니 큰일 났다'는 사실이다. 엄청난 규모의 사건이고 큰 사회적 파장이 일어나겠지만 서사적으로 볼 때는 있는 그대로의 사실을 옮겼을 뿐이다. 이 이야기를 들은 이들은 전쟁이 났으니 두렵고 걱정이 되기는 하지만 문학적 감동을 일으키지는 않는다. 감동이란 외부적 자극을 통해 내면적 움직임이 일어나는 것이다. 두려움과 걱정은 하나의 반응에 불과하다. 하물며 전쟁이 발발했다는 이야기도 감동을 일으키지 못하는데 소소한 일상의 사건은 서사성이 첨가되지 않은 경우 감동은커녕 관심조차 불러일으키지 못한다. 그렇다면 서사의 어떤 기술이 듣고 읽는 자의 관심을 불러일으킬 수 있을까? 이 질문에 관한 답은 잠시 미뤄두기로 하자.(이러한 답변의 '지연'도 일종 '서사의 기술'이라 할 것이다.)

서사문학을 공부하면서 가장 중요하게 다루어지는 것 중 한 가지는 '플롯(plot)'이다. 플롯은 이야기를 이어가는 기술이면서 사건 등의 작은 서술적 구조가 연결된 것 등을 말한다. 문학이론에서 말하는 플롯은 이외에도 여러 가지 의미가 내포되어 있지만 우리말로 해석하자면 '구성'이다. 플롯에 관한 너무나 유명한 정리는 소설가 E.M 포스터가 말한 왕과 왕비의 죽음에 관한 일화이다.

a. 왕이 죽자 왕비도 죽었다.

b. 왕이 죽자 슬픔을 못 이겨 왕비도 죽었다.

c. 왕비가 죽었다. 아무도 그 사인(死因)을 아는 사람이 없었는데 훗날 왕이 죽은 슬픔 때문이라는 것이 밝혀졌다.

a는 명확한 두 사람의 죽음을 담고 있는 사실이다. 이것은 이야기다. 왕과 왕비는 차례로 죽었다. 차례라는 것은 시간을 의미한

다. 죽음의 원인은 오리무중이고 시간도 알 수 없다. 장소도 밝혀지지 않았다. 그냥 죽었다. b와 c도 결론은 죽음이다. 하지만 중요한 요소들이 한 자리 씩을 차지하고 있다. 바로 '왜'(b)와 '시간'(c)이다. 여기에 '공간'이 추가되고 부가적 인물들이 등장한다면 플롯의 구성요소는 다 갖춰진 것이다. 포스터의 정리에서는 없지만 이해의 편의를 위해 공간과 부가적 인물을 추가하여 새로운 플롯 하나를 만들어 보자.

> d. 먼 옛날 서쪽의 어느 왕국에서 왕비가 죽었다. 아무도 그 사인을 아는 사람이 없었다. 신하와 백성들은 왕비의 죽음에 관한 궁금해 했다. 훗날 정체를 알 수 없는 백작이 나타나 그녀가 왕이 죽은 슬픔 때문에 숨을 거두었다는 것을 알아냈다. 그 소식을 들은 사람은 왕비의 아름다운 사랑에 감동했다.

'먼 옛날'이라는 시간적 배경과 '서쪽의 어느 왕국'이라는 공간이 추가되면서 이야기는 한결 신빙성 있는 구조가 되었고 의문의 백작이 등장하면서 결론에 대한 명확한 근거를 제시했다. d의 사건에서 가장 오래된 사건과 가장 중요한 사건은 무엇인가. 다시 시간 순서대로 d 속의 사건을 나열해보자.

> d-1. 먼 옛날 서쪽 나라의 왕이 죽었다.

d-2. 왕비가 죽었다.

d-3. 사람들은 왕비의 사인을 궁금해 했다.

d-4. 의문의 백작이 나타났다.

d-5. 백작이 왕비의 사인을 밝혀냈다.

d-6. 사람들이 그 소식을 듣고 감동했다.

d는 플롯에서 다시 스토리가 되었다. d와 'd-1~6'을 비교해보자. 전자는 작가의 의도가 포함된 서사이고 후자는 시간에 의한 서사이다. 전자가 담고 있는 작가의 의도는 인과관계이다. 작가는 사건과 다른 사건 사이에 분명한 인과관계가 존재하도록 시간의 서술을 재배열하였다. 이런 재배열의 과정에서 쉽게 알 수 있던 이야기는 구조가 복잡해지면서 독자가 이야기의 의미를 파악하는 것을 지연시킨다. 뻔할지도 모르는 이야기가 '낯설어지면서' 사고의 지연이 발생하고 그 지연의 과정에서 독자는 이야기에 관심을 가지게 된다. 그리고 결론에 이르렀을 때 감동한다. 독자의 관심과 감동은 구성 즉 플롯의 가장 중요한 임무다.

자, 여기 조금 길게 느껴지기는 하지만 뻔한 '이야기' 하나가 있다. 곰곰이 들여다보면 그리 놀랄 만한 사건도 없다. 하지만 이 이야기가 한 권의 책으로 엮어졌을 때, 다시 말해 작가의 의도된 서술에 의해 재배열되었을 때 우리에게 이 이야기는 무척 낯설다.

A. 1970년대 초반, 나미야 잡화점을 운영하는 나미야 유지씨는 재미삼아 고민 상담 편지에 답장을 써 주기 시작한다.

B. 1972년, 당시 중학교 2학년이던 와쿠 고스케는 '폴 레논'이라는 가명으로 나미야 잡화점에 상담 편지를 보낸 후 부모와 헤어져 '환광원'이라는 고아원에 들어가게 된다.

C. 1978, 29세의 가와베 미도리는 유부남의 아이를 가진 채 '그린 리버'라는 가명으로 나미야 잡화점으로 상담 편지를 보낸 후 아이를 낳는다. 얼마 후 교통사고로 미도리는 사망하고 그녀의 아이는 구조되어 '환광원'이라는 고아원에 들어가게 된다.

D. 1978년 여름 경 나미야 씨는 간암으로 병원에서 투병 생활을 시작하고 잡화점은 비어 있는 상태였다.

E. 1978년 11월, 기타자와 시스코는 '달토끼'라는 가명으로 나미야 잡화점에 상담 편지를 보낸다.

F. 1980년 7월, 가쓰로는 '생선가게 예술가'라는 가명으로 나미야 잡화점에 상담 편지를 보낸다.

G. 1980년 여름, 하루미는 '길 잃은 강아지'라는 가명으로 나미야 잡화점에 상담 편지를 보낸다.

H. 1980년 9월, 나미야 씨는 결국 사망한다.

I. 1988년 크리스마스 이브, 환광원에 화재가 발생하고 공연 차 그 곳을 방문했던 가쓰로는 한 소년을 살리고 사망한다.

J. 1988년 말, 하루미는 환광원의 화재 소식을 듣고 그곳을 방문 한다.

K. 2012년 9월, 나미야 씨의 증손자는 9월 13일 딱 하루 간 나미야 잡 화점의 상담 창구를 개설한다는 이벤트 공고를 인터넷에 올린다.

L. 환광원 출신의 세 명의 도둑이 하루미의 별장에 숨어든다.

M. 2012년 9월 12일 21시, 하루미는 다음 날 이벤트에 보낼 편지를 완성해 별장을 찾는다.

N. 2012년 9월 13일 0시 경, 세 명의 도둑은 하루미를 포박하고 강도 행각을 벌인 후 별장을 떠난다.

O. 2012년 9월 13일 새벽, 세 명의 도둑은 별장을 빠져나와 나미야 잡화점이라고 적힌 낡은 건물로 숨어든다.

P. 2012년 9월 13일 새벽, 세 명의 도둑은 '달토끼', '생선가게 예술가', '길 잃은 강아지'로부터 나미야 잡화점 앞으로 온 편지를 차례로 받게 되고 장난삼아 그 편지에 답장을 쓴다.

연극 〈나미야 잡화점의 기적〉

A~P는 일본의 유명 추리소설 작가 히가시노 게이고의 장편소설 《나미야 잡화점의 기적》의 시간적 서사이다. 작품을 미리 읽어보지 않은 독자에게 A~P는 아무런 감흥을 주지 못할 것이다. 또한 P의 내용을 유심히 읽은 독자라면 시간적 서사의 내용에 오류가 있다는 생각을 했을지도 모른다. 이제 본격적으로 나미야 잡화점을 중심으로 벌어진 일련의 사건과 시간의 오류가 가진 의미에 대해 이야기해 보도록 하자.

구성의 힘과 구성의 틈

앞서 언급한 적 있지만 '이야기'는 사건을 시간의 순서에 따라 나열한 것이고 '플롯'이란 사건을 작가의 의도에 따라 재배열한 것이다. 사건을 시간의 순서에 따라 나열하거나 서술하는 것을 우리는 '역사'라고 부른다. 서사의 기본적인 기능에 충실한 서술자는 곧 역사가가 된다. 역사가는 사실의 진실성을 밝히는 데 목적을 두고 소설가는 플롯, 인물, 주제를 엮어 환상을 창조하는 가운데 자신의 견해를 담는다. 역사가는 사실에 의해 암시된 가치를 찾지만 소설가는 자신이 암시하고픈 가치에 맞게 사실을 선택하고 창조한다. 소설가는 사실을 선택한 후 배열을 하는데 이때 시간순서로 나열된 액션의 연속은 흩어진다.[27]

앞서 정리한 A~P가 하나의 역사적 사실이고 그것을 어떤 서술자가 시간의 순서를 흩트리지 않고 기술하였다면 그것은 역사서가 되고 서술자는 역사가가 된다. 나미야 잡화점을 중심으로 혹은 나미야 씨의 주변에서 벌어진 하나의 개인사(個人史)로 읽힐 것이다. 하지만 나미야 씨가 경험한 기이한 사건들은 분명한 허구의 이야기며 《나미야 잡화점의 기적》은 시간의 순차적 기술을 깡그리 무시한 채 책으로 엮였다. 당연한 이야기지만 《나미야 잡화점의 기적》은 소설이다.

나미야 씨의 이야기가 역사가의 손을 거쳤다면 앞서 정리한 대로 1970년대 초반 나미야 씨가 재미삼아 시작한 고민 상담 편지의

---

27) 권택영, 《소설을 어떻게 볼 것인가》, 문예출판사, 2004, p.79.

장면(A)에서 기술이 시작되어야 한다. 하지만 '소설'《나미야 잡화점의 기적》은 2012년 9월 13일 새벽 오랫동안 방치되어 있던 나미야 잡화점에 약간 모자란 듯한 세 명의 도둑이 숨어들면서 시작된다. 위의 정리에 따르자면 시간적으로 가장 마지막에 위치한 P에서 시작되는 것이다. 작품의 제1장〈답장은 우유 상자에〉에는 두 가지 작가의 의도된 구성이 나타난다. 첫 번째는 시간이고 두 번째 역시 시간이다. 전자는 순차성을 무시한 시간의 서사성을 말하고 후자는 문학성에 기인한 시간의 오류이다. 서사성에 기인한 시간은 순차적으로 가장 나중에 벌어진 사건을 전면에 배치한 것이며 문학성에 기인한 시간은 '시간의 환상성'이다.

우선 제1장〈답장은 우유 상자에〉의 구성을 살펴보도록 하자.

시간: 2012년 늦여름에서 가을 사이(9월 13일이라는 정확한 날짜는 작품의 후반부에 밝혀지므로 여기서는 1장의 내용을 통해 유추할 수 있는 내용만 적도록 하겠다.)

장소: 나미야 잡화점 안

인물: 도둑들(쇼타, 아쓰야, 고헤이), 달토끼(편지 속 인물)

사건: (작품 속 사건에 따라 기술)
① 도둑질 후 피난처를 찾아 나미야 잡화점으로 숨어든 세 인물
② 40여 년 전 주간지의 내용을 살펴보는 인물들

③ 달 토끼라는 가명의 인물로부터 고민편지가 잡화점 입구 우유
상자로 배달 됨

④ 장난삼아 답장을 쓰는 인물들 그리고 이어지는 고민편지

⑤ 편지 내용의 여러 정황 상 달토끼의 편지는 1980년 이전 쓰인 것
으로 추정됨

⑥ 계속되는 인물들의 상담과 달토끼의 고민 해결

⑦ 또 다른 편지 한 통이 배달됨

 기본적으로 나타난 제1강의 내용을 정리하면 위와 같다. 하지만
위의 정리에는 이 작품의 성격과 내용을 결정짓는 가장 중요한 한
가지가 빠져 있다. 그것은 바로 시간의 환상성이다.《나미야 잡화
점의 기적》속에는 비중은 그리 크지 않지만 이야기의 끈을 처음
부터 끝까지 이어주는 중요한 우유 상자라는 공간이 있다. 작품이
가진 환상성은 오직 이 우유 상자를 통해서만 발현된다. 과거와 현
재의 소통이 바로 이 작품의 가진 유일한 환상성이다. 하지만 우유
상자 안에서 벌어지는 시간의 소통 현상이 없다면 이 작품은 존재
할 수 없다. 1970년대 말의 어느 날과 2012년의 어느 날이 편지로
만날 수 있기 때문에 나미야 씨가 경험한 기적 같은 일들은 하나의
소설로 묶일 수 있는 것이다.

아쓰야는 미간을 찌푸렸다. "왜 그렇게 되는 건데?"

"이 집의 안과 밖이 시간적으로 따로 노는 거 같아. 시간이 흐르는 방식이 서로 다른 거야. 집 안에서는 시간이 계속 흘러가는데 바깥에 나와 보면 그게 그냥 한 순간이야."

"뭐? 그게 대체 무슨 말이냐고."

쇼타는 다시 편지를 지그시 들여다본 뒤에 아쓰야에게로 얼굴을 들었다.

"이 집에 아무도 접근한 적이 없는데 고헤이의 편지는 사라졌고 달 토끼한테서 그 편지에 대한 답장이 왔어. 원래 그런 일은 있을 수 없 잖아. 자, 그럼 이렇게 생각해보면 어떨까. 누군가 고헤이의 편지를 가져갔고 그것을 읽은 뒤에 답장을 던져두고 갔다. 그런데 그 누군가 의 모습이 우리 눈에 보이지 않는다……."

… 〈중략〉 …

"내 생각에는 일이 이렇게 된 거 같아. 가게 앞 셔터의 우편함과 가 게 뒷문의 우유 상자는 과거와 이어져 있어. 누군가가 그 시대의 나 미야 잡화점에 편지를 넣으면, 현재의 지금 이곳으로 편지가 들어와. 거꾸로 이쪽에서 우유 상자에 편지를 넣어주면 과거의 우유 상자 속 으로 들어가는 거야. 어떻게 그런 일이 일어나는지는 모르겠지만, 어 쨌거나 그런 식으로 생각하면 앞뒤가 딱 맞아."

(p.48~49)

1장에서 나타난 시간의 두 가지 낯선 구성은 역시 두 가지 의미에서 매우 중요하다. 하나는 이야기를 전개해 나가는 데 있어 가장 나중의 시간을 작품의 전면에 배치함으로써 독자들의 사고를 지연시키고 이야기에 관한 관심을 유발했다는 점이며 다른 하나는 수많은 사건과 인물의 구성을 연결시킬 매개로서 시간의 환상성을 끌어왔다는 것이다. 앞서 제1장이 시간의 서사성과 문학성을 동시에 충족시키고 있다는 언급은 바로 이것을 두고 한 지적이었다. 특히 시간의 환상성은 40여 년의 시간 속에서 도저히 소통될 수 없는 인물과 사건을 연결해 주는 매우 중요한 장치이다. 이것은 이야기의 재배열을 통해 만들어진 일반적인 플롯(구성)의 틈을 전혀 다른 차원의 연결고리로 이어 새로운 장르로 변형시킨 작업이다. 환상적 요소가 그리 많이 등장하지 않는 이 작품을 환상 문학이라고 단정할 수 있는 근거는 바로 여기에 있다.

환상공간의 근거

《나미야 잡화점의 기적》에서 환상이 발현되는 공간은 오직 나미야 잡화점뿐이다. 작품 속에서 환상의 발현이 매우 제한적일 때 독자는 그 환상의 수용 여부에 대해 생각한다. 왜 이 같은 일이 발생했는가에 대한 독자의 의문은 그 자체로 작품의 주제적인 측면을 재창조해내는 역할을 한다. 반면에 환상의 발현이 작품의 전 방위에 걸쳐 벌어질 때 독자는 환상의 수용에 대해 고민하지 않는다. 그것은 어디까지나 우선 인정해야 할 하나의 '배경'이 되기 때문이다. 서사문학에서 이미 인물의 사건이 연속되고 있는 배경에 의심을 품는 것은 작품 전체를 부정하는 것과 같다. 언제나 시간과 공간은 함께 만들어져야 하는 존재이기 때문이다. 시간은 인물의 활동 근거를 제시하고 공간은 인간 삶의 터전이다.

제한적 환상의 발현은 작품 속에서 반드시 근거를 가지고 제시되어야 한다. 하지만 환상의 근본적인 태생은 인과관계를 무시하면서 시작하기 때문에 환상의 근거 제시는 논리상 부조리하다. 이럴 때 작가는 부조리를 극복할 수 있는 방도를 물색해야 한다.《나미야 잡화점의 기적》역시 이 방도를 가지고 있다. 그 방도라 할 수 있는 것은 바로 '역할'이다.

소설은 기본적으로 허구를 바탕으로 한다. 허구를 사실처럼 보이게 하는 힘은 소설의 각 요소를 구체화시킬 때 가능해진다. 구체화란 허구를 그럴 듯하게 꾸미는 최고의 방도이다. 배경 자체의 사실적 논리가 부족하다면 그것의 부족한 근거를 제시하면 된다. 왜 이 장소는 환상적 힘을 가질 수밖에 없는지에 관한 새로운 담론을 만들어야 한다. 다시 말하자면 환상의 장소가 만들어내는 특정한 힘이 다른 장소에 미치는 영향에 관한 담론이 필요하다는 것이다.

그렇다면《나미야 잡화점의 기적》에서 환상의 장소가 만들어내는 특정한 힘이 와 닿는 공간은 어디인가. 여기 새로운 정리를 참고해 보도록 하자.

a. 중학교 2학년이던 와쿠 고스케는 부모와의 불화로 혼자가 되어 '환광원'이라는 고아원에 들어가게 된다.

b. 가와베 미도리는 유부남의 아이를 낳은 후 교통사고로 당하게 된다. 미도리는 사망하고 그녀의 아이는 구조되어 '환광원'이라는 고아원에 들어가게 된다.

c. 다섯 살 때 교통사고로 부모를 잃은 하루미는 이모할머니 집 맡겨졌다가 초등학교에 입학할 무렵 환광원으로 보내진다.

d. 위문 공연 차 환광원을 방문한 무명가수 가쓰로는 화재 발생으로 고립된 한 소년을 살리고 사망한다.

e. 하루미와 와쿠 고스케는 환광원의 화재 소식을 듣고 그곳을 방문한다.

f. 환광원 출신의 세 명의 도둑이 하루미의 별장에 숨어든다.

a~f는 앞서 살펴본 바 있는 《나미야 잡화점의 기적》의 플롯을 정리한 것과 매우 유사하다. 한 가지 다른 점이 있다면 나미야 잡화점을 배재하고 '환광원'이라는 고아원을 중심으로 했다는 점이다. 잠시 여기서 환광원에 대해 살펴보도록 하자. 환광원의 내력을 살피는 작업은 나미야 잡화점의 환상에 대한 근거를 제시하는 중요한 단서가 된다.

환광원은 제2차세계대전 이후 대지주의 딸이었던 '미나즈키 아키코'라는 한 여성에 의해 만들어진다. 그녀는 환광원을 돌보며 평생을 독신으로 살다가 1969년 '걱정마라, 내가 하늘 위에서 모두를 위해 기도할 테니'라는 말을 남기고 운명한다. 그런데 그녀에게는 평생을 잊지 못할 가슴 아픈 사랑의 이야기가 있다. 그녀가 여학교에 다니던 시절, 아키코는 자신보다 열 살 쯤 많은 한 기계공과 사랑에 빠진다. 기계공과 아키코는 교제를 반대하는 부모에게서 도망치려고 하지만 성사되지 못한다. 그리고 둘은 두 번 다시 만나지 못했다. 다만 헤어진 지 삼 년 쯤 지난 어느 날, 그 기계공이 아키코의 동생에게 한 통의 편지를 전한 것이 전부였다.

이 편지는 《나미야 잡화점의 기적》의 주제를 파악하게 하는 가장 중요한 단서이며 작품의 문학성을 결정하는 아름다운 장면이다. 이 기계공의 편지를 유심히 살피기 바란다. 서사문학에서 환상은 어떤 방식으로 구현되고 어떤 역할로 해야 하는지를 말해주는 좋은 실례가 될 것이다.

미나즈키 아키코 님께

몇 자 적어 올립니다. 갑작스레 이런 모양새로 서찰을 보내게 된 점, 부디 양해해주십시오. 우편으로 보내면 안에 든 서찰을 읽지 않은 채 그대로 처분해버리지 않을까, 염려가 되었습니다.

아키코 씨, 건강하게 지내시는지요. 저는 삼 년 전에 구스노키 기계 회사에서 근무하던 나미야라고 합니다. 어쩌면 이제는 잊어버리고 싶은 이름인지도 모르겠으나 부디 이 편지를 끝까지 읽어주시면 고

맙겠습니다.

　이번에 펜을 들게 된 것은 다름 아니라 꼭 한마디 사죄의 말씀을 드리고 싶었기 때문입니다. 실은 지금까지도 몇 번이나 시도해보려고 했으나 타고난 성정이 유약한지라 막상 결심을 하지 못하고 지내왔습니다.

　아키코 씨, 그때 일은 참으로 죄송했습니다. 제가 저지른 짓의 어리석음을 깨닫고 이제야 새삼 후회하고 있습니다. 아직 여학생 신분이던 당신의 마음을 어지럽히고, 불측하게도 가족 여러분과의 인연마저 끊기게 할 뻔했던 것은 돌아보면 참으로 큰 죄를 짓는 일이었습니다. 어떻게도 변명할 여지가 없습니다. 그때 당신이 마음을 바꾼 것은 올바른 선택이었습니다.

　…〈중략〉…

　아키코 씨, 부디 행복하게 살아주십시오. 제가 지금 진심으로 바라는 것은 그것뿐입니다. 모쪼록 좋은 인연을 만나시기를 진심으로 기원합니다.

　나미야 유지 올림

(p.401~402)

　자, 이제 이 작품 속 환상의 고리에 근거를 짐작할 수 있겠는가? 나미야와 아키코의 애잔한 사랑이 나미야 잡화점에 깃든 기적적인 사건들에 환상을 제공했다는 실질적인 증거는 어디에도 없다.

하지만 독자들이 《나미야 잡화점의 기적》을 읽고 '왜?'라는 질문을 던졌을 때 작품은 명쾌하지는 않다하더라도 그에 대한 어렴풋한 답변을 제시할 수 있어야 한다. 나미야 잡화점에 고민 상담 편지를 보낸 수많은 사람들 중에서 환광원과 관계를 맺은 이들의 삶에 나미야와 아키코의 이루어지지 못한 사랑이 다른 형태로 변형되어 그 파장이 다시 기적 같은 결실을 맺게 만든다는 것은 환상의 근거에 대한 독자의 수긍을 이끌어내기에 충분할 것이다.

이러한 의미에서 앞서 정리한 《나미야 잡화점의 기적》의 시간상 정리는 다시 만들어져야 함이 옳다. 바로 나미야와 아키코의 사랑 이야기다. 물론 그것은 오래된 편지 한 통과 희미한 증언을 통해 알려진 사실이지만 그들의 사랑이야기가 없다면 이 작품 속 환상의 근거는 없다. 오직 가슴 아픈 사랑의 파장이 환상이라는 이름으로 반세기를 넘어 진정 사랑이 필요한 이들의 가슴을 흔들고 있는 것이다.

◐ 《나미야 잡화점의 기적》에서처럼 자신이 알고 있는 이야기의 시간 순서를 의도적으로 재배열해 보고 그 의도에 관해 기술해 보자.

◐ 소설 《나미야 잡화점의 기적》과 영화 《어바웃 타임》을 비교 분석해 보자. 특히 두 작품에서 사용된 시간적 판타지에 주목해 보자.

영화 〈어바웃 타임〉

다섯 걸음. 소소한 환상의 의미들

90년대 흡혈귀의 초상
- 김영하의 〈흡혈귀〉[28]

　근래에 들어 90년대를 추억하고 재평가하는 문화가 유행처럼 번지고 있다. 이십 년 전을 배경으로 하는 드라마에서부터 영화와 대중가요, 패션에 이르기까지 장르의 종류를 가리지 않고 전 방위적으로 90년대 다시 읽기의 열풍은 계속되고 있다. 20여 년의 시간을 거슬러 올라 우리가 90년대를 다시 보고자 하는 이유는 과연 무엇일까?

　90년대 중반 대학을 입학한 필자의 입장에서 볼 때, 당시 20여 년의 시간을 거슬러 추억하는 일은 너무나 무겁고 오래된 일종의 '역사'와도 같았다. 말하자면 90년대의 대중은 70년대의 문화를 즐기고 추억하기보다는 학습하려고 했던 것 같다. 90년대에 서서 바라본 70년대는 어렵고 해묵은 한자어로 점철된 멀고 먼 옛날이었다. 그 이십 년간 우리에게 무슨 일이 벌어졌던 것일까? 한 번쯤 그 문화적 단절에 관해 생각해 볼 필요가 있을 것이다.

28) 김영하, 《엘리베이터에 낀 그 남자는 어떻게 되었나》, 문예출판사, 2004, p.79.

이제 40대 중반, 그의 이름을 소개할 때면 중견이라는 수식이 따라붙는 나이가 되었지만, 1990년대 도발적이라고 밖에 할 수 없는 소설을 들고 나타난 젊은 작가의 이름은 '김영하'였다. 돌이켜 볼 때 당시 그의 소설은 너무나 '90년대스러운' 인물과 사건들로 메워져 있었다. 그의 작품이 가지는 '90년대스러움'을 당시의 우리는 '새롭다'는 진부한 언어로 평가할 수밖에 없었지만 실상 그것은 새로움이 아니었다. 단지 어느 틈에 변해버린 사람과 사회와 문화의 단면을 가장 적확하게 묘사했을 뿐이었다. 90년대 이전부터 글을 써온 작가들이 90년대를 과거에서 이어져온 '연장선상'의 시대로 인식할 때 김영하는(그를 비롯한 당시 수많은 젊은 작가들은) 90년대를 다른 시대의 '시작'으로 인식했다. 물론 그(그들)에게 있어 '시작'이라는 인식이 의도되거나 계산된 사고는 아니었다. 그것은 사회적 변동성에 따른 매우 자연스러운 결과였다.

조금씩 풍족해지기 시작한 부모의 그늘 아래에서 권력을 향한 구호 대신 스타를 위한 함성을 지르는 것이 익숙해지던 시절이었다. 말하자면 이전 시대가 '정치적 전환점' 혹은 '경제적 전환점'을 기준으로 변모해왔다면 90년대는 건국 이래 가장 파격적인 '문화적 전환점'이었다. 또한 그 전환점은 20여 년이 지난 지금도 다른 전환의 국면을 맞지 않고 그대로 이어져 오고 있다. 방향이나 노선에 전환이 없이 그 형태만 바뀌고 있는 셈이다. 그렇다면 문두에 던진 질문, '우리가 90년대를 다시 보고자 하는 이유'에 관한 해답은 명쾌해진다. 바로 새로운 문화의 '시작점'을 추억하는 것이다.

오래됐다고 하기에는 아직도 너무나 익숙하고 그렇다고 진행형이라고 말하기에는 조금은 아련해져버린 한 전환점에 관한 호기심.

자, 이제 새로운 질문 하나를 다시 만들어보자. 90년대는 무엇이 달라졌는가? 무엇 때문에 그 시절을 문화적 전환점이라고 명명할 수 있는가? 지금부터 그 해답을 한 편의 소설 속에서 구해보고자 한다. 한 시대의 변화를 환상적 담론화로 형상화한 소설의 이름은 〈흡혈귀〉다.

특이하게도 작품 속에는 김영하라는 이름의 소설가가 등장한다. 그것이 실제의 작가 김영하이든 허구의 작가이든 상관없다. 중요한 것은 한 소설가가 한 시대의 변화에 관한 기이한 한 통의 편지를 전해 받는다는 것이다. 제법 길긴 하지만 소설가가 전해 받은 편지는 한 여자(작품 속 이름 김희연)가 90년대를 아우르며 만난 남자들에 관한 이야기다. 우선 편지를 보낸 그녀의 신상에 관해 알아보도록 하자.

저는 스물일곱 살의 여자입니다. 72년 생이죠. 인생이 희망으로 가득하다고 믿고 있을 나이는 아니지만 그렇다고 끝이 보이지 않는 사막이라고도 생각하지 않을, 그런 나이입니다.

제 이야기를 잠깐 할까요, 여느 소녀들처럼 어린 시절엔 재미있는 소설과 만화를 보며 자랐습니다. 《베르사이유의 장미》 같은 순정만화나 하이틴 로맨스, 할리퀸 문고 따위에 빠져 들기도 했지요. 그런 소설과 만화 속에 등장하는 캐릭터를 닮은 멋진 남자들을 기다리며 사춘기를 보냈다고 해도 과언이 아닐 거예요. 테리우스나 미스터 블랙 같은 인물 말이죠.

80년대에 청소년기를 보낸 수많은 여자의 전형성이라고 해야 할 그녀의 삶은 1990년대에 대학을 입학해서도 크게 달라진 것 같아 보이지는 않는다. 여느 대학생과 마찬가지로 혼란한 신입생 시절을 보내고 2학년에 진학하면서 연애를 시작한다. 하지만 그녀는 처음 교제를 시작한 남자에게 큰 매력을 느끼지 못한다. 그녀가 편지에 적어 보낸 첫 연애의 상대는 이러하다.

저도 남자 하나를 만났는데 그렇고 그런 남자였어요. 차 마시면 돈은 당연히 자기가 내고, 여자가 담배 피면 세상 말셴 줄 알고, 술 취하면 전화하고 뭐 그런 남자요. 한국 땅에 흔해빠진 남자였어요. 처음엔 아, 저 남자가 날 저렇게까지 끔찍하게 생각해주는구나 싶어서 좋았는데, 금세 지겨워졌어요.

(p. 50)

90년대 초반, 캠퍼스에서 그녀가 만난 남자의 모습이다. 첫 연애의 남자는 보수성과 전통성을 상징하는 듯한 남자다. 당시가 90년대 초반이라는 점을 고려한다면 이전 시대의 가부장적 모습을 그대로 간직한 남자는 당연히 '그렇고 그런' 흔한 존재였을 것이다.

그 후에도 그녀의 연애는 계속된다. 새롭게 만난 남자는 소위 '운동권'의 남자였다. 편지를 통해 파악할 수 있는 그녀의 두 번째 연애는 1993년에 시작되었다. 우리는 그녀의 두 번째 연애가 시작된 1993년에 주목해 볼 필요가 있다. 1993년은 군사정권의 시대가 막을 내리고 직선제를 통한 첫 문민대통령이 탄생한 해다. 1993년에 이르러 대학가의 운동권은 더 이상의 적(敵)을 찾지 못하고 그 정체성의 큰 혼란이 일어난 시절이었다. 물론 정권이 바뀌었다고 캠퍼스에서 운동권의 존재가 사라진 것은 아니었다. 하지만 분명히 그들의 위상은 달라져 있었고 입지는 나날이 좁아졌다. 그들은 이전 시대의 새롭고 다른 존재였었다. 하지만 어느 듯 그들은 더 이상 변혁의 주역이 아니었다. 어쩌면 90년대 초반은 이전 시대에서 그들이 이뤄놓은 찬란한 공덕을 완전히 잊을 수도 없고 그렇다고 그들을 새로운 시대의 퇴물로 처리하기도 곤란한 어정쩡한 시절이었다. 이러한 대학가의 상황과 그녀의 연애담은 일맥상통하는 부분이 있다.

　그는 대수롭지 않다는 듯이 대꾸했습니다. 언제나 그런 식이었죠. 그래도 연애는 끝나지 않고 계속됐어요. 운동권 영화를 만들던 그가 코믹 멜로물을 만들 때까지 말이에요 (이 부분에서 김희연은 애인이 만든 코믹 멜로물에 대한 설명을 길게 하고 있었는데 불필요한 부분이라 삭제했다-필자).
　이쯤 되자 그 사람을 더 이상 만나야 할 이유를 아무데서도 찾지 못하겠더군요. 그러면서도 질질 끌려 다니는 거예요. 밤에 찾아오면 같이 자주고 밥 못 먹었다면 밥 사주고 돈 없다면 돈 주고 뭐 그러면 서요.

(p. 52~53)

그러던 어느 날, 그녀는 운동권 남자의 추악한 이면을 목도하게 되고 더 이상 그와의 만남을 이어가지 않는다. 그리고 운동권 남자의 이면을 고발한 한 남자를 사랑하게 된다. 그 남자는 시나리오 작가이면서 시인이고 평론가이면서 소설도 발표하는 말하자면 당시로서는 너무나 생소한 '종합 문학인'이었다. 생소한 것은 그의 직업만이 아니었다. 그는 그녀가 이전에 만난 남자들과는 전혀 다른 모습을 하고 있었다. 그는 전통적 남성상을 내세우는 가부장도 아니었고 목적을 위해 도덕성을 내팽개치는 한물간 혁명가도 아니었다. 그는 이전 시대의 남자들이 가지지 못한 것을 가지고 있었고 그들의 결점이 완벽하게 보완된 새로운 인간상이었다. 그녀는 한 눈에 매료되었고 결국 얼마 지나지 않아 결혼에 이르게 된다.

신혼여행 첫날밤에 호텔 방에서 와인을 마셨지요. 그때 제가 어렵게 말을 꺼냈습니다.

"아마 짐작하고 계시겠지만 저 남자 처음 아니에요."

남편은 그런 저를 아무 감정도 없는 눈길로 쳐다보더니,

"술이나 마시지," 하는 거예요.

"정말 괜찮아요?" 하고 제가 되묻자, 남편은,

"왜 내가 시간을 거슬러가면서까지 당신을 심판해야 한다고 생각하나? 마음쓰지 마," 하면서 웃더군요.

자기 말대로 남편은 그 일에 관해선 아무 신경도 쓰지 않았답니다. 처음엔 고마웠죠. 참 넓은 사람이구나. 여느 한국 남자들과는 달라. 이렇게 생각했죠.

(p. 57)

신혼 첫날밤에 나눈 이들의 대화에서 독자가 주목해야 할 점은 그녀의 보수성과 남편의 개방성이다. 성(性)은 한국의 전통적 가부장제를 유지하는 오래되고 무서운 방편이었다. 그녀는 남성들의 전통적 사고방식을 혐오했지만 결혼 후 정작 자신에게 남아있는 뿌리 깊은 보수성을 고백하고야 만다. 반면에 남편은 전혀 다른 가치관을 가진 인물이었다. 말하자면 그는 90년대가 가지고 있는 새로움의 방식으로 세상을 살아가고 있는 것이다. 전통적 성의 가치관이 변화되었다는 것은 그밖에 모든 삶의 유형이 달라졌다는 반증이기도 하다. 그렇게 그들은 부부가 되었지만 행복은 그리 오래 가지 못했다. 그녀의 눈에 남편의 기이함이 보이기 시작한 것이다. 그 기이함은 항상 불이 꺼져 있는 남편의 서재에서 시작되었다.

작가라는 직업을 가진 남편은 누구에게도 접근을 허락하지 않는 서재가 있다. 그곳은 항상 어두웠으며 문이 닫혀 있었다. 남편은 아내가 잠든 후에야 서재로 들어가 한참을 머물다 돌아왔다. 어느 날, 남편의 기행을 눈치 챈 아내가 그를 채근하기 시작한다.

"당신에 대해 알고 있는 게 너무 없다는 생각이 들어요."

"알아서 뭘 할 건가?"

"말할 수 있는 것이었으면 벌써 했을 것이다. 인간이 인간을 아는 일이 가능하다고 생각하나, 또 필요하다고 생각하나?"

"그럼요. 필요하다고 생각해요."

"필요하지 않을 때도 많다. 지금이 그렇다."

"그래도 말해주세요."

"말하고 싶지 않다. 대신 너도 말하지 않을 수 있다. 그게 편하지 않나?"

"이해할 수 없어요."

"어차피 세상이란 이해할 수 없는 일로 차고 넘친다."

그러곤 남편은 입을 다물어버렸습니다.

"그럼 왜 저랑 결혼하신 거죠?"

"누구도 그런 질문에 답할 수 없을 것이다. 한다면 거짓말이거나 무지의 소치다. 나도 답할 수 없다. 굳이 말하자면 견디기 위해서다."

"뭘 견디죠?"

"시간이다."

(p. 60~61)

선문답 같은 대화가 이어진 후 아내는 남편에 대한 의구심이 걷잡을 수 없이 커졌고 그의 작품부터 다시 살피기 시작한다. 몇몇 작품 중 그녀가 주목한 것은 남편이 발표한 단편 영화의 시나리오였다. 영화 속의 주인공은 자신을 흡혈귀라고 믿고 있는 한 남자에 관한 것이었다. 그는 아주 오래 전 흡혈귀가 되어 불사(不死)의 몸이 되었다. 그는 1592년 이래로 더 이상 늙지도 죽지도 못한 채 절망 속에서 그 오랜 세월을 살아왔다.

죽음과 허무의 예찬으로 점철된 그의 작품을 읽으면서 아내는 서서히 남편의 존재에 관해 의문을 품기 시작한다. 그리고 며칠 후 아내는 남편의 서재에서 관(棺)을 발견하게 된다. 그녀는 그 동안 남편에게서 느꼈던 의문투성이들에 관한 모든 귀결점을 관에 결부시킨다. 아내는 이제 남편을 흡혈귀로 믿기 시작했다. 매일 밤 관에 기어들어가 잠을 자고 집안 어디에서도 빠져 있는 머리카락이 없는 남편, 인생을 흉내 내는 게임과 영화를 거들떠보지 않고 아이 낳기를 거부하며 섹스에도 도무지 관심이 없는 남편, 서른다섯 살의 나이에 읽지 않은 책이 없고 모르는 것이 없는 남편……. 아내는 드디어 이혼을 결심하고 별거에 들어간다. 그리고 그녀는 90년대가 시작되고 자신에게 벌어진 그 기이한 이야기를 글로 옮겨 소설가 김영하에게 보낸다. 편지의 말미, 그녀는 남편의 서재에서 발견한 짧은 메모 하나를 첨부한다.

"세상의 모든 흡혈귀는 거세당했다. 세상은 빛으로 가득하다. 어디에도 숨을 곳은 없다. 우리는 흡혈의 자유와 반역의 재능을 헌납 당했고 대신 생존의 굴욕만 넘겨받았다……"

그의 메모를 통해 우리는 전환점 이후 도래한 새로운 시대와 그 시대를 살아가고 있는 인간의 관계에 대해 생각하지 않을 수 없다. 아내의 증언을 통해 남편의 존재를 판단하는 것은 불가능한 일이며 섣부른 것이다. 다만 그 이야기 속에 내재된 상징과 의미를 파악하는 수밖에 없다. 또한 남편이 흡혈귀이든 아니든 상관없다. 문제는 새로운 시대가 시작되면서 우리 삶에 영향을 미치는 어떤 부류가 생존의 굴욕 속에서 살아가게 되었다는 것이며 그 굴욕 속에 살아가는 구성원들이 우리 사회에 일정한 영향을 미치고 있다는 점이다. 앞서 남편은 '90년대스러운' 존재라는 점을 언급 했었다. 그는 이전 세대의 구성원과 많은 부분이 달라져 있었다. 이전 시대의 폐해가 제거되어 있었지만 그 폐해의 구체적 실체는 알 수 없었다. 또한 제거된 대상이 반드시 긍정적인 결과물이라고 단언할 수도 없는 것이다. 사람들은 막연히 과거가 청산되는 것만을 바랐을 뿐 구체적인 결과물에 대한 어떠한 형상화도 그려 놓고 있지 않았던 것이다. 급작스럽게 나타난 새로움에 대한 무선별적 수용 속에서 우리는 새로움의 가치에 대해 고민하지 않았다. 뭔가 떨떠름한 괴리감을 자각하기 시작했을 때 그 새로움은 결국 우리에게 하나의 환상이었고 흡혈귀였던 것이다.

외계인과의 동거
- 김경욱, 〈천년여왕〉[29]

　평범한 90학번 '김희연'이라는 여자가 흡혈귀를 만나 결혼을 하고 다시 이혼을 하는 동안 우리는 세기말을 넘어 2000년대에 맞이하게 되었다. Y2K[30]를 필두로 한 혼란과 어수선함 속에서 여기 한 남자가 2000년대의 어느 날, 아주 '2000년대스러운' 여자와 결혼을 한다. 남자는 자신의 아내가 저 멀고 먼, 천년에 한 번 봄이 찾아오는 별에서 왔을 것이라고 확신한다. 그리고 자신의 아내에 관한 소설을 쓰기로 작정을 한다. 90년대의 김희연이 불사의 남편을 만나 이혼을 결심하고 젊은 소설가에게 자신의 남편 이야기를 편지에 담아 보낸 것에 비하면 사뭇 평범하다. 왜냐하면 그는 아내의 태생을 묻지도 따지지도 않았고 그녀를 여전히 사랑하기 때문이다.

---

29) 김경욱, 《위험한 독서》, 문학동네, 2008.
30) 정식 명칭은 '밀레니엄 버그' 컴퓨터가 2000년 이후 연도를 제대로 인식하지 못하는 결함을 말한다. 20세기 당시 컴퓨터가 인식하는 연도의 표기는 두 자리로 2000년 이후 00을 입력하면 1900년으로 인식하게 되면서 컴퓨터를 사용하는 모든 업무에 마비를 초래하고 종래에는 커다란 재난이 다가올 수 있다는 문제점이었다. 결국 대대적인 수정작업 끝에 혼란은 초래되지 않았다. Y는 year, 2K는 2Kilo(1000)에서 첫 글자를 따온 것이다.

2000년대의 어느 해, 평범한 직장인이던 한 남자가 '나 자신'을 찾기 위해 귀농을 결심한다. 그해 초, 생전 처음 써본 소설이 신춘문예 본심에 오르고 자신의 길이 문학에 있을 것이라 확신을 하게 된다. 녹녹치 않은 경제사정에도 불구하고 아내는 선뜻 그의 결정을 따라준다. 도리어 갑작스러운 귀농을 반기는 기색이다. 아내는 자신이 나서서 지리산 어느 자락 외떨어진 마을에 있는 통나무집 하나를 구해 본격적으로 공사를 시작한다. 아내는 단층이던 통나무집을 이층으로 바꾸고 남편의 서재를 꾸며 준다. 그는 평소에 꿈꾸던 작업실의 모습과 똑같은 서재에 감탄하며 본격적인 '나 자신' 찾기에 돌입한다.

　그날 밤 나는 시간과 정성을 들여 아내의 몸 깊이 들어갔다. 철저한 채식주의자인 아내의 몸은 마른땅의 우물처럼 깊어서 아득했다. 아내의 몸이 열릴 때 비에 젖은 흙냄새가 콧잔등을 간질였다. 아내에게 들어간 나는 사무치는 고독에 진저리쳤다. 그것은 언제 어디선가 이미 겪어본 것 같은 익숙한 느낌이었다. 그래서 더욱 쓸쓸했다. 아내에게서 빠져나온 후 나는 선잠에서 깨어난 아이처럼 밑도 끝도 없는 슬픔에 잠겼다. 무슨 일이냐고 아내가 물었다. 당신의 몸에 들어간 순간 등골 서늘한 고독을 맛보았노라고 털어놓을 수는 없었다. 환경이 바뀐 탓에 신경이 예민해져 그런 것인지도 모른다고 나는 생각했다. 아무것도 아니라고 얼버무렸더니 아내는 내 눈 밑을 어루만지며 말했다.

"당신이 고독을 느끼는 것은 당신의 마음이 그것을 간절히 원하고 있기 때문이에요."

…〈중략〉…

"모든 지구인이 똑같은 생각을 품고 있다면…… 그런 상상을 하면 어쩐지 끔찍해져요."

(p. 79~80)

아내는 상대의 마음을 읽고 있는 듯 남편 스스로도 형용할 수 없었던 감정을 가장 적확하게 표현했다. 그는 아내의 놀라운 능력에 감탄하는 동시에 자신이 찾고자 하는 구체적인 방향성에 대한 해답을 구하게 됐다. 그는 글을 써서 자신이 얻고자 하는 것에 대한 구체성을 가지고 있지 못했다. 그는 '나 자신'이란 매우 막연하고 적절치 못한 대답이었다는 것을 아내의 심안을 통해 깨닫게 된다. 그는 이제 스스로 고립되기 위해 발버둥치기 시작했다. 혼자이길 원하지만 혼자일 수 없는 삶을 살아왔던 그에게 문학은 오로지 혼자 할 수 있는 유일한 수단이었을 것이다. 비록 문학인으로서의 꿈을 완전히 이루지는 못했지만 그것으로 가는 찬란한 희망은 그에게 혼자여도 두렵지 않다는 용기를 주었다. 지리산의 외딴 통나무집 서재에 틀어박힌 그가 비로소 아내 몸에서마저도 지독한 고독함을 느낀 것은 이제 비로소 혼자 해야 할 삶의 목표가 근접해 있다는 자각에 의한 것일지도 모른다.

이쯤에서 그의 아내에 대해 잠시 알아보도록 하자. 이것은 어쩌면 그녀의 신상이기보다 그녀의 놀라운 능력에 대한 소개일 것이다. 우선 아내는 스페인어에 능통하다. 스페인어를 전공한 것도 있었고 오퍼상인 아버지를 따라 어릴 적 남미 쪽에 살기도 했다. 그녀의 아버지는 무척이나 바쁜 사람이라 그는 장인의 얼굴을 결혼식장에서 처음 만났다. 결혼식 후 몇 년의 결혼 생활동안 장인을 다시 만난 적은 없다.

그녀는 외국어 학습 능력이 무척 뛰어나다. 귀농한 지리산 외딴 마을에는 베트남과 인도네시아에서 시집 온 외국인 여자들이 많았는데 그녀는 그들과 몇 마디 정도만 주고받고도 의사소통이 가능해졌다. 뿐만 아니라 아내는 농촌 생활이 처음임에도 그 마을 사람들과 쉽게 친해졌고 매우 잘 적응했다. 아내는 나이에 비해 엄청난 독서량을 가지고 있었다. 그녀가 가지고 있는 장서도 희귀하고 수준 높은 것이었다. 그녀는 세르반데스 《돈 키호테》 초판을 가지고 있었고 그 책에는 푸욜 백작이라는 사람의 아름다운 소녀에게 보내는 헌사가 친필로 적혀 있었다.

마포대교를 교각을 지나칠 때였다. 내 프러포즈에 아내는 이렇게 말했다.

"한때의 어리석음을 연애라고 한다죠? 그 흔한 한때의 어리석음을 끝장내기 위해 결혼이라는 기나긴 어리석음을 시작하겠다는 건가요?"

"언뜻언뜻 비치는 당신의 그늘까지도 사랑해."

"저를 잘 안다고 생각하세요?"

"당신이 어떤 존재여서 사랑하는 것이 아냐. 당신이 어떤 사람인지는 잘 모르지만 당신의 그늘까지도 사랑하는 마음이 영원히 변치 않으리라는 것만큼은 잘 알아."

"장담한 걸 후회하게 될지도 모를 거예요."

"후회하지 않기 위해 장담하는 거야."

"한 가지 조건이 있어요."

"천 가지라도 상관없어."

"원한다면 언제든 새로운 삶을 찾아가도록 하세요. 자기 자신을 속이면서 마지못한 삶을 살기에는 당신 인생이 너무 짧아요."

"당신의 존재를 모른 채 살았던 지난 세월을 생각하면 당신과 떨어져 있어야 하는 순간순간이 고통스러워."

청혼을 수락하는 아내의 표정은 어쩐지 쓸쓸해 보였다.

(p. 86~87)

오래 살아서 삶의 모든 것을 관망하는 듯한 그녀의 말은 미혼의 젊은 여자에게 어울리지 않는다. 하지만 그녀는 실제 모든 것을 알고 있는 듯 행동했고 그녀의 행동은 한 치도 삶의 진실에서 어긋나지 않았다. 언뜻 비치는 그녀에게 보이는 어두움은 어쩌면 삶의 수많은 단상을 모두 경험하고 이제 그것에 익숙해져 버린 것에 대한 쓸쓸함일지도 모른다.

어쨌거나 그는 이제 본격적으로 소설을 쓰기 시작했다. 오전 내

내 글을 쓰고 오후에는 운동 삼아 텃밭에 나갔다. 아내는 귀농 후 더욱 바빠져 버렸다. 그녀는 외국인 며느리와 노동자들의 삶을 돌보고 마을의 자질구레한 업무까지 챙기며 바쁜 하루하루를 보내고 있었다. 그는 거의 혼자 집을 지키며 책을 읽고 글을 썼다. 홀로 서재에 앉아 망연히 창밖을 바라보며 그는 차츰 말수가 줄어가고 있었다. 그는 드디어 첫 작품의 초고를 완성했고 아내에게 그것을 보인다. 아내는 꼼꼼히 남편의 작품을 읽어주었다. 그리고 무난한 감상평 끝에 한 마디를 더한다. '어디서 본 듯해요.' 그녀의 이 감상평은 그 후 남편의 다른 초고에서 늘 따라붙는다. 그는 그때마다 자신의 서재에 꽂힌 아내의 책에서 원작의 내용을 확인하며 한숨을 내 쉰다. 그는 이제 아내의 박식과 독서량 앞에 빛깔을 잃어버리는 자신의 원고를 쓰레기통에 처박으며 좌절했고 가까스로 완성해서 투고한 작품 역시 당선은커녕 본심에 조차 오르지 못했다.

그는 점점 고립된 생활에 싫증을 내기 시작했고 반면 아내는 점점 더 생기를 찾아가고 있었다. 아내는 밤낮을 가리지 않고 자신의 삶을 찾아가고 있었고 그는 귀농의 아무런 의미도 찾지 못하고 지쳐갔다. 그들의 결혼 십 주년 날 밤, 그는 아내에게 묻는다.

"어떻게 저 많은 책들을 읽을 수 있었지?"

"살다보면 책 읽는 것 외에는 달리 할 일이 없는 시절도 있게 마련이랍니다. 시간은 우리가 상상하는 것보다 힘이 세지요."

"당신은 어느 별에서 왔지?"

나도 모르게 어이없는 질문을 던지고 말았다. 농담이었다고 얼버무리려는데 아내가 진지하게 대답했다.

"어디에서 왔는가가 아니라 어디로 가고 있는가를 명예의 근거로 삼아야 해요."

(p. 93)

〈천년여왕〉극장판 포스터

'당신은 어느 별에서 왔지?' 그 질문 이후 그는 아내의 서늘한 눈빛에서 '영원'이라는 단어의 안타까움을 읽는다. 그리고 그는 아내의 이야기를 소설로 써 보리라 다짐한다.

아내의 외출을 배웅하며 돌아오던 어느 날, 그는 어린 시절 일요일 아침마다 텔레비전을 통해 들었던 한 만화영화의 주제가를 흥얼거린다.

'긴 머리 휘날리고 눈동자를 크게 뜨면 천 년의 긴 세월도 한 순간의 빛이라네 전설 속에 살아온 영원한 여인 천년여왕 과거를 슬퍼 말고 우주 끝까지 우주 끝까지 밝혀다오 지나간 추억일랑 저 하늘에 묻어두고 서글픈 내 모습에 밝은 미소 지어다오 백 년은 꿈이며 천 년은 사랑의 메아리 내일은 우리의 것 우주 끝까지 우주 끝까지 지켜다오……'

귀신의 의무
- 최인석, 〈내 사랑 나의 귀신〉[31]

무허가 판자촌으로 들어찬 달동네에 철거반원과 전투경찰이 들이닥친 날, 소년은 한 무당의 혼이 자신의 몸속으로 들어온 것을 깨닫고는 방울과 삼신부채를 들고 겅중겅중 널을 뛰었다. 최루탄과 곤봉, 돌멩이와 몽둥이가 어지러이 날아드는 가운데 소녀는 나비처럼 하늘 높이 날아갔고 또 다른 소년 하나는 소녀의 손을 잡고 있었다. 최인석의 단편 〈내 사랑 나의 귀신〉은 작품에 딸린 부제처럼 '귀신에 관한' 이야기다. 정확히 말하자면 신당 앞 천황기 같은 거대한 송전탑 하나가 우뚝 서 있는 달동네의 더러운 골목골목을 오가는 소년이 만난 귀신에 관한 이야기다.

가난과 빚에 쪼들려 고향 마을을 야반도주한 소년의 가족은 도시의 어느 달동네에 정착하게 된다. 그곳에서 소년은 도시 빈민들의 처절하고 지저분한 삶을 목도하고 세상 모든 사람들을 저주하기에 이른다. 소년에게 유일한 낙이 있다면 자신만의 순례지에 앉

---

31) 최인석, 《아름다운 나의 귀신》, 문학동네, 1999.

아 무작정 시간을 죽이는 것이다. 그의 순례지는 쓰레기 더미 옆에 솟아오른 민둥바위다. 그 바위에 오르면 대나무 가지 끝에 하얀 깃발을 내건 집의 내부를 훤히 들여다 볼 수 있다. 그곳은 당골네라고 불리는 어느 무당의 집이다. 하루가 멀다 하고 싸움이 벌어지는 집을 나와 소년은 밤이 늦도록 우두커니 민둥바위에 앉아 당골네의 일상을 지켜보았다.

밥을 먹는 동안 나는 한 번도 고개를 들지 못했다. 물론 당골네의 얼굴을 쳐다보지도 못했다. 그저 그 방에 가득 밴 짙은 향냄새, 그리고 그보다도 당골네가 반찬을 권하기 위하여 몸을 기울일 때에 얼핏얼핏 끼쳐오는 살냄새에 취했고, 그녀의 코끝과 목덜미에 방울방울 맺힌 땀방울을 발견했을 때에는 아득한 현기증 같은 것을 느꼈으며, 그때마다 더욱 깊이 고개를 숙이고 밥 먹는 일에만 열중했을 뿐이었다.

동네 사람들은 귀연이 어미를 기분에 따라 당골네라고도, 무당년이라고, 화냥년이라도 불렀고, 동네 아이들은 기분과는 상관없이, 어김없이 새끼무당, 무당 딸년이라고 불렀다.

(p. 12)

소년은 추함으로 가득한 달동네에서 이룰 수 없는 사랑에 빠져든다. 그 사랑의 대상은 동급생 귀연의 어머니인 당골네이다. 그녀는 무너져가는 고려의 무신이었던 최영의 신(神)을 받아 무당이

176

되었다. 당골네는 소년의 고달픈 삶을 지탱하는 황홀한 구심력이면서 훨씬 더 강한 힘으로 거리를 유지하는 서글픈 원심력이다. 작품 속에서 다가감의 욕망과 멀어짐의 좌절을 구성하는 것은 당골네와 소년의 관계만이 아니다. 당골네의 딸 귀연이는 소년을 사랑한다. 그들의 또 다른 동급생인 승규는 귀연이를 사랑한다. 달동네의 소년과 소녀들은 서로 다가갈 수 없는 관계 속을 살아간다. 그들에게는 다가갈 수 없는 부모가 있고 다가갈 수 없는 아랫동네가 있다. 그들은 맺어질 수 없는 일상을 인정하고 가슴 아파하지만 어쩔 수 없이 민둥바위에 모여 잡담을 나누고 무료한 놀이를 한다. 달이 저만치 기운 밤까지 그들은 달동네의 골목골목을 누비고 다녔고 아랫동네의 높은 담장까지 내달렸다. 그러던 어느 날 밤 소년들은 귀연이에게는 하늘을 날 수 있는 신기한 재주가 있다는 것을 알게 된다.

　귀연이가 담장 위를 걸으며 문득 입을 열었다. 우리 엄마는 맨날 기도를 해. 무당도 기도를 하냐? 승규가 물었으나 그녀는 얘기를 계속했다. 그 기도를 하지 않으면 땅 속의 모든 악한 귀신들이 다 쏟아져 나와서 이 세상을 차지하게 된대. 벌써 악한 귀신들이 너무나 많이 쏟아져 나와서 세상이 이 모양이래. 그러니까 엄마가 하루라도 기도를 하지 않으면 이 세상은 완전히 악한 귀신들 차지가 되어버리고, 그렇게 되면 우리 같은 사람들은 지금처럼 사는 것마저 불가능하게 된대. 지금은 저 작은 민둥산 하나라도 차지하고 살지만, 저런 산 하나도 차지할 수가 없게 되고 만다는 거야? 무섭지?

(p. 21)

소년은 당골네로 인해 삶이 가난과 저주로만 이루어져 있지 않
다는 것을 깨닫게 된다. 그녀는 가난한 사람들의 가난한 일상이 더
이상 무너지지 않기를 간절히 기도한다. 그녀의 기도는 발전을 위
해 내쳐지고 희생되어야 하는 가난한 이들을 위한 최소한의 저
항이었다. 하지만 그들의 기도를 들어줄 대상은 현실에 존재하지
않았다. 그러므로 그들은 귀신을 찾아야 했다. 당골네의 몸에 깃든
신이 최영 장군이라는 것은 곧 무너지게 될 허약한 공동체가 가지
는 서글픈 상징이다.

아랫동네의 높고 화려한 담장 위를 가벼운 몸으로 날아다니던
귀연이는 자신의 아버지가 최영 장군이며 자신의 몸에는 대동여
지도를 만든 고산자 김정호의 신이 들어와 몸주(身主)가 되었다고
고백한다. 그러면서 지리부도에서 배운 지도는 모두가 엉터리이
며 몸주가 꿈꾸며 만든 지도가 진짜 지도라고 항변한다. 땅과 산과
강은 어느 곳에도 경계가 없는데 가짜 지도는 경계선으로만 이루
어져 있으며 그 경계로 인해 사람들은 나눠지고 미워하고 싸우게
된다는 것이다. 몸주가 꿈꾸며 만든 지도는 경계를 알리기 위해 만
든 것이 아니었다. 그 지도 속에는 삶의 이야기가 담겨있고 마을과
마을의 전설이 서려있었다. 가난하고 비루하다고 하여 그곳의 삶
을 함부로 훼손하지 않았고 그들의 삶을 무시하지 않았다.

북쪽으로 280리를 가면 대함산이 있고, 그 산에는 나무나 풀 같은 건 자라지 않지만 옥이 많이 나고, 돼지 같은 털로 뒤덮이고 딱딱이를 두 들기는 것 같은 울음소리를 내는 뱀이 살고, 계속해서 320리를 가면 돈홍산, 계속해서 200리를 더 가면 소함산이 있는데, 그 산에서는 사람의 얼굴에 소의 몸집에 말의 발을 가지고 어린아이 같은 소리로 울면서 사람을 잡아먹고 사는 짐승 살고, 거기 흐르는 물에는 패패어라고 하는 이상한 물고기가 사는데, 그 물고기를 많이 잡아먹은 사람은 결국 사람을 죽이게 되고…… 그런 길이 표기되어 있는 지도가 진짜 지도예요.

(p. 36)

당골네의 기도와 아이들의 순례가 계속되는 동안 민둥바위 아래 달동네에는 전운이 감돌기 시작한다. 전운은 가장 먼저 돈을 앞세워 찾아왔다. 아랫동네 사람들은 검은색 자가용을 타고 달동네의 좁은 골목을 누비고 다녔다. 그들은 지폐 뭉치와 수표 다발을 들고 달동네의 사람들에게 흥정을 했다. 대부분의 사람들은 턱없이 부족한 가격으로 살던 판잣집을 내놓을 수밖에 없었다. 불가항력이었다. 어떻게든 달동네는 사라질 운명이었고 그 자리에는 아파트가 들어설 것이었다. 검은색 자가용이 사라진 동네에는 달동네 사람들의 다툼이 있었다. 월세 입주자와 전세 입주자가 다투고 전세 입주자와 집주인이 싸웠다. 그들은 웃으면서 헤어지지 못했다. 사람들은 어디론가 사라졌다. 그리고 남은 것은 가장 가난한 이들이었다. 소년과 승규와 귀연이네도 남은 이들이었다. 비어가는 동네의 가장 높은 곳, 철탑 아래에 사람들은 망루를 만들었고 전투를 준비했다. 자가용은 더 이상 찾아와 흥정하지 않았다. 남아 있는 이들은 흥정의 대상이 아니었다. 그들은 제거할 방해물이었다. 가장 먼저 민둥바위까지 올라온 이들은 삽차와 몽둥이를 앞세운 철거반원이었다. 허약한 판잣집의 벽은 쉽게 무너졌다. 병든 노인과 아낙들은 피를 흘리며 쓰러졌다. 전투가 치열해질수록 당골네의 기도는 더 간절해졌고 길어졌다. 그녀는 민둥바위에 몸을 붙이며 절을 했다. 안타까운 마음으로 당골네의 마른 몸을 지켜보던 소년은 그녀 옆에서 함께 기도를 올리기 시작한다.

철거반과 남은 사람들의 마지막 결전이 벌어지던 날, 당골네는 소년을 자신의 굿당으로 부른다. 그녀는 커다란 함지박 안에서 목욕을 하고 있었다. 당골네는 알몸으로 소년을 안고 입을 맞춘다. 소년을 품에서 놓아준 당골네는 녹의홍상(綠衣紅裳)을 갖춰 입고 제식을 차려 놓은 민둥바위에 오른다. 그리고 한들한들 춤을 추기 시작했다. 그녀의 방울소리가 빈 마을에 울려 퍼지기 시작할 때 소년은 그녀가 오늘 죽을 것이라고 생각했다. 자신의 몸주였던 최영이 무너져 가는 나라를 지키지 못한 채 숨을 거두었던 것처럼 그녀 역시 몸주의 운명을 따르게 될 것을 소년은 직감하고 있었다.

결국 당골네는 삽차 앞으로 몸을 던졌다. 그녀의 투신에 아랑곳하지 않고 삽차는 여전히 집을 부수며 망루가 있는 곳으로 올라왔다. 그때 귀연이는 송전 철탑으로 날아올라가 있었다. 귀연이는 자신의 몸주인 김정호가 경계 없는 세상을 내려다보듯 달동네를 망연히 보고 있었다. 소년은 당골네가 두고 떠난 방울과 삼신부채를 들었다. 그리고 덩실덩실 춤을 추기 시작했다. 입에서는 자신도 모르는 사이 당골네의 음성으로 귀신을 부르고 있었다.

하늘과 땅이 뒤엉켜 쏟아져 내렸고, 우리의 우주가 한꺼번에 붕괴 하였고…… 나는 귀연이가 네 손 네 발을 다 치켜들고 하늘 높이 나 비처럼 날아가는 것을 보았고, 승규가 그녀의 손에 매달린 것을 보 았으며, 나의 방울과 삼신부채는 저 혼자 절경절경 팔랑팔랑 흔들리고 펄럭거렸고, 나는 당골네의 음성으로 부르짖고 있었다. 독사지옥을 여우고 칼산지옥을 여우고 철산지옥을 에웠으니 인자는 왕들을 여 우리라 인자는 왕들을 여우리라…….

(p. 41)

개발이라는 귀신이 삽차와 몽둥이를 앞세워 달동네로 진격해 들 어왔을 때, 나라를 지키던 최영의 귀신을 몸에 담은 무당은 그들 앞에 연약한 몸을 내던졌다. 그리고 연약한 몸에서 빠져나온 영혼 은 소년의 몸으로 들어가 다시 세상을 지키고자 한다. 경계가 없는 세상을 꿈꾸던 김정호의 귀신을 몸에 담고 있던 소녀는 저 높은 곳 으로 몸을 날려 새로운 세상으로 떠난다. 그들은 자신들의 무너져 가는 세상에서 서로 맞닿을 수 없는 사랑 앞에 좌절했지만 그들이 짊어져야 할 의무를 알게 되었다. 그들은 오래 전부터 살아남아 있 는 정신을 몸에 담고 개발과 자본을 뒤집어 쓴 귀신들에 맞선다.

바보의 철학성

- 성석제, 〈황만근은 이렇게 말했다〉[32]

성석제는 1994년 짧은 소설 모음집《그곳에는 어처구니들이 산다》를 발표하면서 본격적으로 소설을 쓰기 시작하였다. 그의 소설은 말 그대로 작은(小) 이야기(說)를 표방한다. 만담에 가까울 정도로 희극성을 가진 그의 소설은 고대 동아시아 서사문학과 그 뿌리가 닿아 있다. 동아시아 소설에서 '小'가 가리키는 것은 '비현실성', '황당무계함', '쓸모없음', '천박함', '잡스러움' 등을 말하는 것이었다.[33] 이는 앞서 환상의 이론적 정의와도 일맥상통 하는 부분이 있다. 환상(幻想)은 허깨비(幻)와 생각(想)의 결합으로 이루어져 있으며 기(奇), 이(異), 괴(怪) 등으로도 표현되었는데 기, 이, 괴는 각각의 현상적 특징에 따라 다르게 사용되기도 했다. '기'는 '드물고, 놀랍고, 이상한' 영역을 지칭하며 '이'는 '차이, 구별'의 의미로, '괴'는 '비정상적'인 것에 쓰임을 가졌다. 전통적 의미에서

32) 성석제,《황만근은 이렇게 말했다》, 창작과비평사, 2002,
33) 한수영, 〈'웃음에 관한 두 개의 변주〉,《오늘의 문예비평 2003 여름》, 세종출판사, 2003, p.163.

소설은 이러한 환상의 영역에 기대어 만들어 지는 경우가 많았다. 또한 성석제의 소설에 등장하는 바보, 깡패, 노름꾼, 춤꾼, 술꾼, 사기꾼 등은 이러한 '小'와 그 맥락을 같이 한다. 이들은 기, 이, 괴의 행동 양식을 표현할 수 있는 가장 좋은 인물군이다.

근대를 거쳐 현대에 이르는 동안 소설의 가치는 과거의 그것과는 완전히 달라졌으며 누구도 소설을 변방의 잡스러운 이야기쯤으로 취급하지 않는다. 시간이 흐르는 동안 소설은 진지하고 엄숙한 사유의 세계로 빠져 들었고, 시대와 사회를 논하고 그 진로를 고민하는 고찰의 장이 되었다. 이런 소설의 권위에 반기를 들 듯 등장한 성석제의 소설은 환상과 과장, 풍자와 역설 등을 통한 '황당한' 이야기를 전면에 드러내면서 작가 스스로가 재담가이고 이야기꾼이라는 명함을 스스로에게 부여했다. 성석제의 작가적 개성은 그가 권위주의나 엄숙주의와의 거리를 유지하는 수단이 된다.[34] 이런 태도는 매우 자연스러운 것이다. 소설이 시대의 진정한 가치를 찾아 앞으로 힘겹게 걸어가는 고행이 아니라 자유로운 즐김의 영역이라는 사실을 새삼스럽게 깨닫게 하였다.[35] 또한 독자들은 그의 소설을 통해 그 동안 소설이 가지고 있는 딱딱하고 심각한 주제와 시대의 암울함과 차가운 현실이 쉽고 가벼운 상태로 변화된 것을 발견하게 되고, 그 결과 한결 즐거운 이야기를 만나게 된다.

---

34) 서영채, 〈깡패, 웃음, 이야기의 윤리〉, 《문학동네 2003 여름》, 문학동네, 2003, p.323.
35) 진정석, 〈길 위의 소설, 소설의 길〉, 《창작과 비평 2004 여름》, 창작과비평, 2004, p.119.

언급했다시피 성석제가 작품에 흔히 등장시키는 인물들은 통상적인 세상의 가치관으로 바라볼 때 정상적인 생활을 하는 사회 구성원이 아니다. 그들은 바보, 건달, 춤꾼, 알코올 중독자, 노름꾼, 백수 등으로 사회의 질서와 발전을 저해하는 무리들이다. 그러나 이러한 무리들의 긍정적이지 못한 속성에도 불구하고 소설 속에 그려진 이들 인물상은 대부분 유쾌함을 넘어 폭소를 자아내기도 한다. 성석제의 작품이 가진 희극성은 작가의 타고난 언어 감각에 기인하는 것도 있겠지만 그보다 더 큰 비중을 차지하는 것은 바로 독특한 특성을 가진 작품 속 인물들의 몫이 더욱 크다고 하겠다. 특히 그의 단편 〈황만근은 이렇게 말했다〉의 주인공 '황만근'은 그의 작품 세계에 등장한 몇몇 바보들 중 가장 대표적인 인물이다.

〈황만근은 이렇게 말했다〉는 경상도 북부 지방의 '신대리'라는 마을에 살고 있던 바보 '황만근'이 사라진 후 그의 약전(略傳)을 소개하는 형식으로 구성되어 있다. '傳' 형식의 도입은 앞서 언급한 바 있는 작가가 추구하는 소설 양식에서 그 연결 고리를 찾을 수 있다. 보통 전통적인 서사의 방법은 '傳'과 '記'를 중심으로 기술되었다. '傳'은 인물의 일대기(홍길동전, 허생전 등)를 시간 순으로 기록하는 서술법이며 '記'는 주로 사건의 진행 순서를 기록하는 방법(삼국사기)으로 사용되어 왔다. 특히 성석제는 작품에서 '傳'의 방식을 자주 이용하고 있다. '은척'마을 불세출의 깡패 조동관의 일대기를 그린 〈조동관 약전〉, 그리고 천하제일 미남 남가이의 생을 다룬 〈천하제일 남가이〉, 조선조 몰락한 양반의 전형적인 모습을 기록한 장편 〈인간의 힘〉 등이 그에 해당한다.

이들 작품들에 등장하는 인물들은 하나같이 그 시대가 요구하는 정상적인 인물상이 아니다. 이것은 작가가 작품의 이면에서 추구하고자 하는 가장 큰 의도인 '역설'을 배가시키는 효과를 가져다준다. 또한 바보라는 보잘 것 없는 인물을 주인공으로 내세우면서 서론에서 지적한 전통적 동아시아 소설의 '小'가 내포한 '황당함, 비현실성, 쓸모없고, 천박하고, 잡스러운' 이미지를 더욱 부각시키는 효과를 주고 있다. 작가의 소설은 근대 소설이 지향하는 합리성과 인과율, 계몽의식에서 벗어나 동아시아 이야기문학의 전통 장르를 복귀시켰다. 이러한 시도로 인해 작가의 소설에는 유가(儒家)적인 합리성을 강조한 인물보다는 도가(道家)적인 성격의 인물이 지배적으로 드러나게 된다.[36)]

이렇듯 작가 스스로가 인물과 형식에 있어 보잘 것 없음을 전면에 내세운 까닭은 노자 《도덕경》(老子 道德經) 제3장에 소개되는 "현을 숭상하지 않으면 백성의 다툼이 없다"는 '不尙賢, 使民不爭' 의 정신과 관계하고 있는 것으로 보인다.[37)]

그러는 동안 모든 사람들이 알게 되었다. 황만근이 집으로 돌아오지 않았다. 동네 사람 누구든 하루 이틀, 또는 한두 달 집을 비울 수도 있지만 그렇다고 그 사실을 모든 사람이 알게 되는 것은 아니다. 그

---

36) 한수영, 앞의 글, p.164.
37) 《노자》, 김학주 역, 을유문화사, 2005년, 135쪽. (원문) 不尙賢, 使民不爭; 不貴難得之貨, 使民不爲盜; 不見可欲, 使民心不亂. 是以聖人之治, 虛其心, 實其腹; 弱其志, 强其骨. 尙使民無知無欲, 使夫智者不敢爲也. 爲無爲, 則無不治.

러나 황만근은 하루밖에 지나지 않았음에도 모든 사람이 그의 부재를 알게 되었다. 그렇지만 누구도 적극적으로 황만근을 찾아 나서려 하지 않았다. 그는 있으나마나한 존재이면서 있었고 없어서는 안 되는 존재이면서 지금처럼 없기도 했다. 동네 사람들은 그를 바보라고 했다. 두어 해 전에야 신대 1리로 들어와 황만근의 탄생과 성장, 삶을 처음부터 지켜보지 못한 민씨만은 그렇게 생각하지 않았다.

마을에서 젊은 축에 드는 마흔 다섯 살의 황영석은 황만근이 벽돌을 찍고 구덩이를 파서 지은 마을 회관 변소에서 분뇨를 퍼내면서 황만근의 부재를 알게 되었다.

"만그이 그 자석이 있었으마 내가 돈을 백만 원을 준다 캐도 이런 일을 안할 낀데. 아이구, 이 망할 놈의 똥냄새. 여리가 싸놔 그런지 독하기도 하네. 이기 곡석한테 독이 될지 약이 될지도 모르겠구마."

황만근이 있었으면 군말 없이 했을 것이다. 늘 그렇듯이 벙글벙글 웃으면서.

"만그이가 있었으모 저 거름이 우리 밭으로 올 낀데. 만그이가 도대체 어데 갔노."

마을회관 곁 조그만 밭에 채소를 심어먹는 여씨 노인도 황만근의 부재를 알게 되었다. 황만근은 마을 공동의 분뇨를, 역시 자신이 판 마을 공동의 분뇨장으로 가져가서 충분히 익힌 뒤에, 공평하게 나누어주었다. 황영석처럼 제가 펐다고 바로 제 밭에 가져다가 뿌리지는 않았다. 특히 여씨 노인처럼 일찍 남편을 잃고 혼잣몸이 된 노인들에게는, 알고 그러는지 모르고 그러는지 더 자주 거름을 가져다주었다.

"만그이한테 물어보자."

아이들은 소꿉장난을 하다가 황만근의 부재를 알게 되었다. 공평무사한 것이 황만근의 평생의 처사였다. 그에게 판단능력이 없는 듯 했지만 시비를 물으러 가노라면 언제나 공평무사한 자연의 이법에 대해 깨우치게 되고 분쟁은 종식되었다.

또는 물어보나마나 명약관화한 일을 두고도 황만근을 들먹였다.

"만그이도 알 끼다."

또한 동네에 오래도록 내려오는 노래, 구태여 제목을 붙이자면 '황만근가'를 자신도 모르게 중얼거리게 되면서 사람들은 황만근은 없다는 사실을 알게 되었다.

(p. 13~14)

세상에는 적응하지 못했지만 환경과는 그 누구보다 조화롭게 살수 있었던, 시대가 만든 바보 황만근의 가치는 그의 부재를 통해밝혀지게 된다. 황만근이 사라진 후 무료하도록 평화롭던 신대리주민들은 마을의 이곳저곳에서 황만근의 부재를 실감하고 그의귀환을 기다리게 된다. 황만근은 마을 회관 변소에서 퍼 올린 분뇨를 스스로가 만든 공동 분뇨장으로 옮겨 충분히 삭힌 뒤 퇴비를 만들고 누구의 밭이나 할 것 없이 공평하게 거름을 주었다. 이런 황만근의 모습은 분명 시대가 요구하는 바람직한 인간상이다. 하지만 황만근의 선행은 결코 세상과 시대가 만든 법도의 학습을 통한결과가 아니었다. 스스로(自) 그러한(然) 황만근의 본질인 것이다.

황만근을 제외한 신대리의 모든 이들은 황만근이 마을의 질서와 발전을 저해하는 인물이라 믿었지만 그가 부재한 마을에 남은 것은 수치를 모르는 이기심과 공동체 삶의 후진이다. 황만근이 없는 마을에서는 누구도 공동의 작업에 발 벗고 나서지 않았고, 자신의 손해를 감수하고 처해지는 공평한 행정이 이루어지지 않았다. 뿐만 아니라 황만근은 지극정성으로 어머니를 섬기는 효자이며 아내에게는 따뜻한 남편이기도 했다. 또한 아들에게도 굳이 위계의 질서를 요구하지 않는 자상한 아버지였다.

신대리에는 처녀가 시집을 오기가 어렵지 오기만 하면 '물'의 깊은 곳에 있는 용왕이 밤마다 찾아와서 틀림없이 아들을 점지해준다는 전설이 있다. 그래서 그런지 신대리의 집집마다 아들이 없는 집이 없었고 그 아들들이 자라면 장가 때문에 아버지 같은 어려움을 겪었다. '물'에서 가장 깊은 곳은 저수지가 생기기 전부터 깊이를 알 수 없다는 소가 있었고 그 속에 용궁으로 통하는 길이 있어 무명실 세 꾸러미를 풀어도 끝이 안 난다고 했다. 물론 용왕이 점지를 넘어 무슨 해괴한 다른 일을 벌였다면, 신대리 사람들이 해마다 대보름에 일미터가 넘는 얼음을 깨고 색동옷을 입힌 돼지 한 마리씩을 용왕에게 바칠 리가 없을 것이다. 하여튼 황만근의 어머니는 어리고 어린 나이에 팔려오다시피 신대리에 들어왔고 여자로서의 징후가 나타나자마자 용왕의 점지에 따라 아이를 배었다. 그러고는 전쟁이 일어나 어쩌다 신대리가 전사에 기록될 정도로 격전장이 되었다. 황만근의 아버지는 천곡 계곡의 양안을 오가는 포탄과 총알의 불빛과 소리를 구경하러 나갔다가 유탄에 맞아 세상을 버리고 말았다. 그때 황만근은 어머니 뱃속에서 여덟 달째 머물러 있던 중이었는데 소식을 들은 그의 어머니가 벌떡 일어서면서 그만 황만근을 아래로 빠뜨리는 바람에 머리가 앞뒤로 긴 '남북 짱구'가 되었고 열 달의 십분에서 두 달이 모자라는 황만근과 그의 어린 어미를 함께 키웠다. 황만근이 열다섯 살이 되던 해, 할머니마저 세상을 버리자 그때부터 황만근이 어머니를 봉양하게 되었는데, 서른 살이 될까 말까 한 젊은 과부는 그때까지 밥을 어떻게 하는지조차 몰랐고 그 후로도 황만근이 있는 한 알 필요가 없었다. 농사를 짓든 비럭질을 하든 쌀을 들고 들어오는 것도 황만근이었고 그 쌀을 씻어 솥에 안치고 불을 피우는 것도 황만근, 상에 밥과 반찬을 차려서 먹으라고 갖다주는 것도 황만근, 물린 상을 들고 가서 설거지를 하는 것도 황만근이었다. 그의 곱고 새파란 어머니는 황만근이 밥과 집에 관련된 일을 하는 동안 시어머니가 물려준 곰방대에 담배를 채워 연기를 코로 뿜으면서 황만근이 하는 짓을 물끄러미 건너다보고 있을 뿐이었다.

(p. 20~21)

주목할 점은 황만근에게는 아버지가 없다는 것이다. 그는 유복자로 태어났다. 이는 작가가 원하는 인물상의 형성 과정에 매우 중요한 사건으로 자리한다. 아버지라는 존재는 가족 사회의 위계질서를 유지하는 근간이 된다. 사회의 가장 작은 단위인 가족 사회가

질서를 유지하게 되면 당연 확대, 확장된 다른 사회도 철저한 질서의 유지를 숭상하게 된다. 하지만 유복자로 태어난 황만근은 그런 유가적 질서 체계를 학습하지 못했다. 당연히 그는 모든 것을 자연에 맡겨 스스로가 터득하였고 계산에 의한 철저한 결과의 도출을 알지 못했다. 이러한 그의 인간상은 도가적 인물의 전형이 된다. 또한 그의 탄생과 성장의 비화(秘話)는 전통적 환상성의 서사 방법과도 일치한다. 물(水)에 기댄 탄생설화는 이미 우리민족의 건국신화와도 그 맥락을 같이 한다. 여기서 잠시 신화와 전설의 문학적 정의를 짚어보도록 하자. 신화는 신과 인간의 관계를 이야기함에 반하여 전설은 주로 인간에 관한 이아기로서 초인간적인 기적이 발생한다고 해도 그것을 예외적인 인간의 능력의 일부로 취급한다는 점이다. 전설은 신화보다 훨씬 역사적 근거가 있다. 환인, 환웅, 단군의 이야기는 신화이고, 동명성왕의 이야기는 전설이다.[38]

물론 황만근은 신화의 대상이 될 수 없다. 그는 어느 시골 마을에서 놀림을 받으며 농사를 짓는 바보에 불과하다. 바로 이런 설정 속에 역설이 있으며 미세하기는 하지만 환상의 영역이 숨어들어 황당한 서사의 전개를 만들어 낸다. 작품 속에서 설화적 환상성에 기댄 서사는 황만근 자신뿐만 아니라 황만근의 결혼과 아들에게까지 이어진다.

---

38) 이상섭, 앞의 책, p.176.

"너는 여기서 죽는다. 너는 여기서 죽는다. 너는 여기서 죽는다. 너는 집에 못 간다."

황만근은 온몸에 소름이 돋고 털이란 털은 모두 위로 곤두섰다. 그래도 있는 힘을 다해 토끼를 밀치며 "비켜라!" 하고 소리를 질렀다. 그런데 토끼를 밀친 황만근의 팔이 토끼의 털에 묻히는가 싶더니 진공청소기에 빨려드는 파리처럼 쑤욱 안으로 빨려 들어가는 것이었다(황만근이 한 말이 아니라 그 말을 들은 민씨의 표현이다). 황만근은 한 팔로 옆에 있는 나무를 붙잡으면서 빨려 들어간 팔을 도로 빼려고 안간힘을 썼다. 황만근을 빨아들이려는 공간은 아무것도 잡히지 않을 정도로 넓었고 허전했고 또한 소름끼치도록 차가웠다. 토끼는 토끼대로 쉽게 끌려 들어오지 않는 황만근을 마저 끌어들이기 위해 온몸을 떨면서 뒷발을 든 채 버티고 있었다.

그런 상태로 시간이 하염없이 흘렀다. 어느새 동쪽 하늘이 부옇게 밝아오기 시작했다. 그러자 토끼는 황만근을 향해 "너는 이제 살았다. 너는 이제 살았다. 너는 이제 살았으니 나를 놓아라" 하고 말했다. 황만근은 오기가 나서 "택도 없는 소리 말거라. 니를 탕으로 끓이서 어무이하고 나하고 마주앉아서 먹어치울 끼다. 니 가죽을 빗기서 어무이 목도리를 하고 내 토시를 하고 장갑을 할 끼다. 니는 인자 죽었다, 자슥아" 하고 소리쳤다. 토끼는 다급하게 물었다. "그럼 어떻게 하면 내 팔을 빼겠느냐." 황만근은 팔을 안 빼는 게 아니라 못 빼고 있는데 토끼가 그렇게 물어오자 할 말이 없었다. 그래서 되는 대로 "소원을 세 가지 들어주기 전에는 니까잇 거는 못 간다" 하고 말했다.

"네 소원이 뭐냐."

"우리 어무이가 팥죽 할마이겉이 오래오래 사는 거다."

(팥죽 할마이란 팥죽을 파는 할머니, 혹은 늘 팥죽을 쑤고 있는 할머니 같은데 그 할머니가 누구인지, 어째서 오래 산다고 하는지 민씨는 모른다.)

토끼는 마을이 있는 서쪽으로 고개를 기울였다가 몸을 소스라치게 떨고 나서 힘겨운 목소리로 말했다.

"지금 들어주었다. 그 다음은?"

"여우 겉은 마누라가 생기는 거다."

"송편을 세 번 먹으면 네 집으로 올 거다. 다음은 무엇이냐?"

"떡두깨(떡두꺼비) 겉은 아들이다."

"마누라가 들어오면 용왕이 와서 그렇게 해준다. 이제 나를 놓아라."

"내가 언제 니를 잡았나. 니가 가뿌리만 되지, 바보 자슥아."

그러자 토끼는 속았다는 걸 알았는지 얼굴을 무섭게 부풀리더니 황만근의 얼굴에 뜨겁고 매운 김을 내뿜었다.

…〈중략〉…

송편을 세 번 빚을 만큼의 시간, 곧 세 해가 흐른 뒤에 토끼의 말대로 어떤 처녀가 그의 집으로 들어왔을 때 동네 사람들이 황만근을 보는 눈이 달라졌다. 그 처녀는 이웃 군에서 농기계상을 하는 사람의 수양딸이었는데 어떤 연유로 자살을 하러 '물'에 들어갔다. 기왕 물에 빠지려면 인적이 없는 곳에 빠지는 게 좋았겠지만, 죽으려는 마음이 급해서 동네 어귀에 들자마자 곧바로 물에 몸을 던졌다. 그런데 동네

어귀, 길 아래 물가에 조그만 집 마루에서 지나다니는 사람에게 인사를 하기 위해 늘 바깥을 내다보는 눈이 있음을 몰랐다. 그 눈의 주인은 처녀의 허리가 물에 들어가는 중에 뒤에서 "쨤깐, 쨤깐!"하고 뛰어왔다. 그러고는 혀 짧은 소리로 무슨 말인지를 했는데 처녀는 알아듣지를 못했다. 처녀를 건져낸 황만근은 "빨개동이맨쭈로물에서모욕하마우엄하고미기잡아여" 하는 중얼거림을 수십 번은 되풀이 했다. 요지인 즉 '어린아이처럼 저수지에서 먹을 감으면 목숨을 버릴지도 모르고 더불어 옷을 버릴 수 있다' 는 것이었다. 황만근의 집에 끌려온 처녀는 황만근의 어머니가 내준 옷으로 갈아입고 황만근의 어머니와 함께 뜬 눈으로 밤을 지냈다. 그러고는 무슨 마음을 먹었는지 황만근의 집에 그대로 머물게 되었다. 어쩌면 그 무렵이 황만근의 인생에서 가장 빛나는 때였는지도 모른다.

(p. 22~26)

비록 황만근은 배우지 못했지만 그는 자신이 소속된 사회의 가장 충실한 구성원이었다. 인간의 가치체계 안에서 배우지 않았지만 자연의 순리대로 생각하고 삶을 영위할 줄 알았다. 작가는 작품의 곳곳에서 황만근이 학습을 통해 이치를 깨우친 것이 아니라고 밝히고 있다. 이는 도덕경 제1장 '道可道 非常道'의 정신을 반영하고 있다고 설명할 수 있다.[39] 작품 속 황만근의 삶은 어떠한 순간

---

39) 《노자》, 위의 책, 131쪽. (원문) 道可道 非常道, 名可名 非常名. 無名, 天地之始. 有名, 萬物之母. 故常無欲, 觀其妙. 常有欲, 觀其曒. 此兩者, 同出而異名. 同, 謂之玄. 玄之又玄, 衆妙之門.

에도 '정도(正道)'를 걷는다. 도리어 그의 주변인들은 언제나 혼란스럽고 이기적이기만 하다. 황만근은 규정된 법규를 따르지 않는다. 배운 적도 없고 가르쳐 준 스승도 없었다. 그러나 황만근은 진정한 道, 즉 자연을 살아가는 방법을 알고 있었다. 신대리에 살고 있는 주민들은 아무도 황만근의 가치를 모른다. 그러나 소설을 읽고 있는 독자들은 비록 황만근이 엄숙하고 진지하지는 않지만 그가 유가에서 말하는 성인(聖人)이라는 것을 알고 있다. 이것은 유가에서 주장하는 명문화된 예의 철저한 학습을 통해 성인이 만들어진다는 그들의 논리에 정면으로 배치된다. 앞서 작가의 창작 태도가 권위주의와 엄숙주의에서 일정한 거리를 유지한다고 밝힌 적이 있다. 또한 이런 창작의 정신은 독자로 하여금 소설이 고행의 길이 아니라 자유롭고 즐김의 여행이라는 느낌을 주게 한다고 언급했다. 황만근의 삶은 이러한 작가의 정신과 일치한다. 황만근은 비록 바보라서 지식은 없지만 삶의 진리를 일깨워준다. 마찬가지로 작가의 '웃긴'이야기는 문학의 권위나 엄숙을 앞세우지 않지만 문학이 가진 즐김의 영역을 밝혀 준다.

황만근은 또한 책에 나오는 예는 몰라도 염습과 산역같이 남이 꺼리는 일에는 누구보다 앞장을 섰고 동네 사람들도 서슴없이 그에게 그런 일을 맡겼다. 똥구덩이를 파고 우리를 짓고 벽돌을 찍는 일 또한 황만근이 동네 사람 누구보다 많이 했다. 마을길 풀 깎기, 도랑 청소, 공동 우물 청소……용왕제에 쓸 돼지를 산채로 묶어서 내다가 싫

다고 요동질하는 돼지에게 때때옷을 입히는, 세계적으로 유례가 드
문 일에는 그가 최고의 전문가였다. 동네의 일, 남의 일, 궂은일에는
언제나 그가 있었다.

　…〈중략〉…

　"반근아, 너는 우리 동에 아이고 어데 인정없는 대처 읍내 같은 데
갔으마 진작에 굶어죽어도 죽었다. 암만 바보라도 고마워할 줄 알아
야 사람이다. 아나 어른이나 너한테는 다 고마운 사람인께 상 찡그리
지 말고 인사 잘하고 다니라. 아이?"

　황만근은 황재석씨의 이런 긴 사설을 들을 때조차 벙글거렸다. 일
이 끝나면 굽신굽신 인사를 했다. 춤을 추듯이, 흥겹게.

(p. 29)

　한편, 황만근은 마을 이장의 강요에 의해 '농가부채 해결을 위한
전국농민 총궐기대회'에 참석하게 된다. 아무도 따르지 않은 투쟁
방침에 따라 혼자 경운기를 몰고 백리길이나 떨어진 군청으로 향
한다. 그가 도착했을 때는 이미 군청 앞의 행사는 끝이 났고 혼자
집으로 돌아오는 길에 그는 교통사고로 목숨을 잃고 만다. 그러나
어처구니없게도 정작 황만근에게는 단 한 푼의 부채도 없었다. 다
음은 황만근이 죽기 전날 밤 마을주민 '민순정'과 나눈 대화를 간
추린 것이다.

　"내가 왜 빚을 안 졌니야고. 아무도 나한테 빚 준다고 안캐. 바보라

고 아무도 보증 서라는 이야기도 안했다. 나는 내 짓고 싶은 대로 농사지민서 안 망하고 백년을 살끼라."

한 집에 일 년에 한 번 쓰는 이앙기를 들여놓으면 그게 일 년 내내 돌아가던가. 놀 때는 다른 집에 빌려주면 된다. 옛날에는 소를 그렇게 썼다. 그런데 지금은 그렇게 하지 않는다. 서로 도와가면서 농사 짓던 건 옛말이다. 한 집에서 기계 놀리면서도 안 빌려주면 옆집에서 화가 나서라도 산다. 어차피 빚으로 사는데 사기가 어려울까. 기계에 들어가는 기름은 면세유다. 면세유 가지고 기계를 다 돌리기 힘들다. 옆집에는 경운기가 두 댄데 면세유는 한 대분 밖에 나오지 않는다. 경운기가 왜 두 대씩 필요할까. 한 사람이 한꺼번에 두 대를 모는 것도 아닌데.

…〈중략〉…

모두 빚을 갚기 위해 그러는 것이다. 그러므로 빚을 제 주머니에서 아들 용돈 주듯이 내주는 사람, 기관은 다 농사꾼을 나쁘게 만든다. 정책자금, 선심자금, 농어촌구조 개선자금, 주택 개량자금, 무슨무슨 자금 해서 빌려줄 때는 인심 좋게 빌려주는 척하더니 이제 와서 그 자금이 상환능력도 없는 사람들을 파산지경으로 몰아넣고 있다. 이제 와서 그 빚을 못 갚겠다고 하는데 거기에는 충분한 이유가 있다.

(p. 37~38)

황만근이 주장하는 삶의 방법의 도덕경 제3장에 등장하는 '尙使民無知無欲, 使夫智者不敢爲也. 爲無爲, 則無不治'의 이론에 다름

196

아니다. 항상 백성으로 하여금 무지무욕하게 하고 이른바 지자(知者)로 하여금 아무것도 감히 하지 못하게 하며 무엇보다도 무위를 행하면 다스려지지 않는 바가 없다는 노자의 가르침을 배움 없이도 황만근은 따르고 있는 것이다.

그는 자신이 원하는 대로 농사를 지으면서도 빚 한 푼 내지 않고 망하지 않으며 백년을 살 것이라고 했다. 그가 이미 '無爲'와 '功成而弗居, 夫唯弗居, 是以不去'를 실천하는 聖人의 경지에 이르렀음 엿볼 수 있다. 유가에서 성인이란 학습을 통해 '예'를 완성한 모범적인 인물형을 말한다. 반면, 도가에서 말하는 성인은 도를 실천하는 철인(哲人)이며, 완벽한 도의 구현자다[40]. 이는 유가의 성인과 매우 다른 성격을 지닌다. 일상에서의 실천이 바로 그것이다. 유가에서 성인은 민중들이 따라가기에는 너무나 멀다. 그들이 따라야 할 법규는 복잡하고 학습은 난해하다. 그러나 도가의 성인은 일상과 매우 가깝다. 욕심을 부리지 않고 자연의 순리에 적응하면서 스스로 깨우친 방법을 따르기만 하면 된다.

"참 똘똘하기 잘도 돈다."
"뭐가 말씀입니까."
민씨는 조심스럽게 되물었다.
"저 별들 말이라. 시계맨쭈로 하루도 쉬지 않고 똑딱똑딱 나왔다가 들어갔다, 나왔다가 들어갔다 하지 않는 기요."
(p. 35)

---

40) 김용옥, 《노자와 21세기》, 통나무, 2004, p.130.

같은 맥락에서 황만근이 자신의 도를 이야기하면서 '천문의 능력'에 대한 의견을 펼친 것은 매우 흥미로운 부분이다. '별은 참 똑똑하며 시계와 같이 언제나 일정하게 들고 난다' 는 그의 이야기는 인위적 시간을 따르지 않고 자연의 시간을 읽을 줄 아는 황만근의 능력을 말하는 것이다. 작가는 '바보 황만근'의 능력을 소개함으로써 수많은 정보와 기계화에 길들여져 어느 틈엔가 가장 가까이 존재하는 자연을 볼 줄 모르는 현대인들을 비판한다. 또한 인간 스스로가 자연의 한 부분이라는 것을 망각하고 자연 위에 군림하려는 무모한 욕심에 대한 충고이기도 하다.

도덕경 제3장 '도충(道沖)' 편은 우리에게 '빔'의 소중함을 말한다. '빔(沖)'은 곧 '공간'을 의미한다. 자연의 생산물 중 가장 크고 범위가 넓은 이 '공간' 은 모든 사물의 공통된 존재 이유이기도 하다. 황만근은 현재 농촌이 빚에 쪼들리게 된 배경과 그것의 해결 방안에 대해서도 구체적으로 설명하고 있다. '도충'의 진리를 따르지 않고 빚을 내서라도 무엇이든지 채우려고만 하는 현대인의 작태는 결국 인위의 포화상태를 가져오게 되었고 그로 인해 재정은 파탄에 이르고 말았다. 영농의 발판이 되어주기를 기대했던 문명의 이기로 가득 찬 농촌의 창고는 그 이기로 인해 도리어 단 한 발짝도 앞을 내디딜 수 없는 상황에 이르고 만다. 뿐만 아니라 인위를 조장한 국가마저도 마찬가지 상황에 놓이게 되는 것이다. 인간이 만든 법규에 의해 위기에 내몰린 농촌의 현실을 자신이 실천하는 자연의 방법으로 타개할 것을 주장하는 황만근의 모습은 도가적 지도상의 표본이 된다. 황만근은 '예'를 배우지 못했지만 '도'를 실천하는 인물이다. 비록 그는 오랜 세월동안 이 땅에 뿌린 내린 유가적 교육방침인 '예'와 그 교육의 궁극적 지향점인 '진'의 성과물을 만들어 내지는 못하지만, 자연이 지향하는 '도'를 숭상하고 만물이 '귀'하는 이치를 깨닫고 있다. 세상이 만든 질서에 적응하지 못해 그의 진리를 따르는 이는 없지만 결과적으로 그는 단 한 푼의 빚도 지지 않고 자신에게 주어진 천업을 오래도록 이어 가리라 확신한다.

　황만근, 황선생은 어리석게 태어났는지는 모르지만 해가 가며 차츰 신지가 돌아왔다. 하늘이 착한 사람을 따뜻이 덮어주고 땅이 은혜롭게 부리를 대어 알껍질을 까주었다. 그리하여 후년에는 그 누구보다 지혜로웠다. 그는 누구에게도 해를 끼치지 않았듯 그 지혜로 어떤 수고로운 가르침도 함부로 남기지 않았다. 스스로 땅의 자손을 자처하여 늘 부지런하고 근면하였다. 사람들이 빚만 남는 농사에 공연히 뼈를 상한다고 하였으나 개의치 아니하였다. 사람 사이에 어려움이 있으면 언제나 함께하였고 공에는 자신보다 남을 내세워 뒷사람을 놀라게 했다.

　…〈중략〉…

　아아, 선생이 좀더 살았더라면 난세의 혹염에 그늘의 덕을 널리 베푸는 큰 나무가 되었을 것이다.

　어느 누구도 알아주지 아니하고 감탄하지 않는 삶이었지만 선생은

깊고 그윽한 경지를 이루었다. 보라. 남의 비웃음을 받으며 살면서도 비루하지 아니하고 홀로 할 바를 이루어 초지를 일관하니 이 어찌 하늘이 낸 사람이라 아니할 수 있겠는가. 이 어찌 하늘이 내고 땅이 일으켜 세운 사람이 아니랴.

(p. 38~40)

    소설 속 인물의 형상은 작가가 추구하는 세계관과 다름 아니다. 성석제의 작품 속에 등장하는 황만근을 비롯한 몇몇 도가적 성향의 인물들은 시대가 만든 가치의 발견이나 실현과는 무관하다. 그동안 다른 소설 속에서 인물들이 추구한 가치 발견이나 실현들이 진정한 '인간의 길'이며 '소설의 길'이라는 오랜 통념은 성석제가 만든 인물들로 여지없이 무너졌다.[41] 이러한 인물들을 통해 독자들은 관성적으로 내달리고 있는 자신의 삶을 돌이켜 보고 되돌아 갈 곳에 대한 소중함을 깨닫게 된다. 인간이면 누구나 추구하는 자연으로의 회귀가 사회의 질서 속에 억압되어야 하는 것이 아니라 삶의 질적인 향상을 위하여 반드시 필요한 것임을 말하고 있다.

---

41) 정호웅, 《새로운 문체미학》, 창작과비평사, 2002, p.298.

◑ 〈흡혈귀〉를 읽고 '죽을 수 없는 삶'의 불행에 관한 여러 가지 이야기를 만들어 보자.

◑ 〈흡혈귀〉의 남편과 〈천년여왕〉의 아내의 인물이 가지는 각각의 특성에 관해 논의해 보자.

◑ 전통적 환상 서사(신화, 민담, 설화 등)에 등장하는 상징물들의 공통점에 대해 논의해 보자.

◑ 한국 단편 소설 속 환상성이 가지는 특징에 관해 생각해 보자.

|참고문헌|

권택영, 《소설을 어떻게 볼 것인가》, 문예출판사, 2004.

김경욱, 《위험한 독서》, 문학동네, 2008.

김영하, 《엘리베이터에 낀 그 남자는 어떻게 되었나》, 문학과지성사, 1999.

김용옥, 《노자와 21세기》, 통나무, 2004.

김이환, 《양말줍는 소년 1·2·3》, 황금가지, 2007.

나병철, 《환상과 리얼리티》, 문예출판사, 2011.

노자, 《노자》, 김학주 역, 을유문화사, 2005.

로지잭슨, 《환상성》, 문학동네, 2007.

르네 지라르, 김치수·송의경 역, 《낭만적 거짓과 소설적 진실》, 한길사, 2002.

박민규, 《카스테라》, 문학동네, 2005.

박정수, 《현대소설과 환상》, 새미, 2002.

박진·김행숙, 《문학의 해로운 이해》, 청동거울, 2004.

박찬부, 《현대정신분석비평》, 민음사, 1996.

서영채, 《깡패, 웃음, 이야기의 윤리》, 《문학동네 2003 여름》, 문학동네, 2003.

성석제, 《황만근은 이렇게 말했다》, 창작과비평, 2002.

이부영, 《분석심리학》, 일조각, 2002.

이상섭, 《문예비평용어사전》, 민음사, 1990.

이상우, 《문학비평의 이론과 실체》, 2009.

자크라캉, 권택영 역, 《욕망이론》, 문예출판사, 2011.

장자, 《장자》, 김학주 역, 을유문화사, 2009.

정호웅, 《새로운 문체미학》, 창작과비평사, 2002.

조지오웰, 한혜정 역, 《동물농장》, 꿈꾸는 아이들, 2004.

진정석, 《길 위의 소설, 소설의 길》, 《창작과 비평 2004 여름》, 창작과비평, 2004.

척 팔라닉, 《파이트 클럽》, 책세상, 2006.

최기숙, 《환상》, 연세대학교출판부, 2003.

최인석, 《아름다운 나의 귀신》, 문학동네, 1999.

토도로프, 최애영 역, 《환상문학서설》, 일월서각, 2013.

프란츠 카프카, 《변신》, 민음사, 2008.

한수영, 《웃음에 관한 두 개의 변주》, 《오늘의 문예비평 2003 여름》, 세종출판사, 2003.

히가시노 게이고, 양윤옥 역, 《나미야 잡화점의 기적》, 문학동네, 2013.

| 찾 아 보 기 |